海明威全集

春 潮

The Torrents of Spring

〔美〕海明威 著

墨 沅 译 俞凌婍 主编

中国出版集团 现代出版社

图书在版编目（ＣＩＰ）数据

春潮／（美）海明威著；墨沅译. -- 北京：现代出版社，2018.6（2023.7重印）
（海明威全集／俞凌婍主编）
ISBN 978-7-5143-7103-1

Ⅰ.①春… Ⅱ.①海… ②墨… Ⅲ.①长篇小说－美国－现代 Ⅳ.①I712.45

中国版本图书馆CIP数据核字（2018）第109920号

春潮

著　　者　（美）海明威
译　　者　墨　沅
主　　编　俞凌婍
责任编辑　杨学庆
出版发行　现代出版社
地　　址　北京市安定门外安华里504号
邮政编码　100011
电　　话　010-64267325　64245264（传真）
网　　址　www.1980xd.com
电子邮箱　xiandai@cnpitc.com.cn
印　　刷　三河市金元印装有限公司
开　　本　880mm×1230mm　1/32
印　　张　3
版　　次　2019年1月第1版　2023年7月第3次印刷
书　　号　ISBN 978-7-5143-7103-1
定　　价　26.00元

序

　　众所周知，海明威是一个生活经历异常丰富的知名作家，同时也是一个在世界上享誉盛名并且写作风格鲜明的文学大师。海明威复杂的生活经历描绘了他所有作品的故事曲线，也构成了他作品中丰富多彩的主题。

　　首先，就个人浅见，有必要剖析一下海明威的成长经历。海明威出生于美国芝加哥以西的一个郊区城镇，人口并不密集，因此给了海明威一个平静、安逸的童年生活。幼时的海明威喜欢读图画书和动物漫画，听稀奇百怪的故事，也热衷于缝纫等各种家事。少年时期，他更喜欢打猎、钓鱼，内心充满了对大自然的好奇与敬畏，这一点在他多部作品中都有体现。在初中时，海明威为两个文学报社撰写了文章，这为他日后成为美国文学史上一颗璀璨的明星打下了基础。高中毕业以后，海明威拒绝上大学，他到了在美国媒体具有举足轻重地位的《堪城星报》当了一名记者。虽然他只在《堪城星报》工作了 6 个月，但这 6 个月的时间，使他正式开始了写作生涯，并且在文学功底上受到了良好的训练。1918 年，第一次世界大战爆发，海明威不顾家人反对，毅然辞掉了工作，去战地担任了一名救护车司机。战场上的血流成河，令海明威极为震惊。由于多次目睹了战争的残酷，给海明威的创作生涯提供了丰富的素材和灵感。在他早期的小说《永别了，武器》中，他进行了本色创作，揭示了战争的荒唐和残酷的本质，反映了战争中人与人之间的相互残杀以及战争对人的精神和情感的毁灭。1923 年海明威出版了处女作《三个故事和十首诗》，使他在美国文坛崭露头角。1925 年，海明威出版了《在我们的时代里》这一短篇故事系列，显现了他简洁明快的写作风格。继而海明威出版了多部长篇小说和大量的短篇小说，令他成为美国"迷惘的一代"作家中的代表人物。《老人与海》获得了1953 年美国的普利策奖和 1954 年的诺贝尔文学奖，将海明威推上了世界文坛的制高点，可以说，《老人与海》是他文学道路上的巅峰之作。

其次，海明威的感情生活错综复杂，给海明威的作品增添了大量的情感元素。海明威有过四次婚姻经历，这些经历赋予了海明威不同寻常的爱情观。司各特·菲茨杰拉德曾打趣道："海明威每写一部小说都要换一位太太。"连他自己都没有想到，竟然一语成谶。世人皆知，海明威有四大巅峰之作，分别是《太阳照常升起》《永别了，武器》《丧钟为谁而鸣》和《老人与海》，在时间上，他的确先后娶了四位太太。据考证，1917 年海明威和一位护士相爱，但是不久后，这位护士便嫁给了一位富有的公爵后代。海明威对爱情始终抱有完美主义，所以这样的结局令海明威无法接受，甚至愤恨。因此，海明威常常将女人比作妖女，这一点在他的多部作品中有所反映。1921 年，海明威与他的第一任妻子哈德莉结婚，但是婚姻观的差异最终使两人分道扬镳。不得不说，哈德莉对海明威的文学创作起到了至关重要的作用。在她的帮助下，海明威学会了法文并结识了著名女作家斯泰因。这段时期，海明威佳作不断，哈德莉却毫无成长，这促使了两人的婚姻关系更加恶劣。1926 年海明威出版了《太阳照常升起》，这部小说使他声名大噪，也间接宣告了海明威与哈德莉婚姻关系的破裂。1927 年，海明威与第二任妻子宝琳结婚，二人在佛罗里达州和古巴过了几年宁静而美满的婚姻生活。海明威在这几年中完成了他的不朽名作《永别了，武器》。然而，没过几年，海明威对宝琳开始厌倦，他遇见了他的第三任妻子——战地女记者玛莎。开始，海明威以玛莎为荣，并为她创作了《丧钟为谁而鸣》，令人叹息的是，这对最为相配的夫妻也在1948年结束了婚姻关系。海明威的第四任妻子维尔许是一名战时通讯记者，研究分析政治和经济形势，为三大杂志提供背景资料。婚后，维尔许放弃了自己的工作，专心照顾家庭，但这仍未给两人的婚姻关系带来一个美满结局。1961年，海明威在家中饮弹自尽，享年62岁。

对大自然的喜爱之情和对生命的敬畏丰富了海明威小说五彩斑斓的主题，纷然杂陈的情感生活和不同寻常的生活环境造就了海明威作品中跌宕起伏的故事情节。因此，海明威的每篇长篇小说、短篇小说、新闻及书信都有着鲜明的个人风格。海明威用最简洁明了的词汇，表达着最复杂的内容，用最平实轻松的对话语言，揭示着事物的本来面貌。他的每部小说不冗不赘，造句凝练，丝毫没有矫揉造作之感。虽然语言简洁，但是海明威的故事线索依然清晰流畅，人物对话依然意蕴丰富。海明威曾这样形容自己的写作风格："冰山在海里移动之所以显得庄严宏伟，是因为它只有八分之一的部分露出水面。"这无疑是个非常恰当的比喻，十分形象地概括了海明威对自己作品的美学追求。海明威最开始创作了众多短篇小说，使他在文坛新秀中占有一席之地，后来《太阳照常升起》的出版，奠定了他在"迷惘的一代"代表作家中的超然地位。"迷惘的一代"是美国两次世界大战期间涌现的一类作家的总称，他们共同表现出的是对美国社会发展的一种失望和不满。他们之所以迷惘，是因为这一代人的传统价值观念完全不再适合战后的世界，可是他们又找不到新的生活准则。海明威将"迷惘"这一形容词表现得淋漓尽致，他用深刻而典型的对话将第一次世界大战后青年的彷徨与迷惘的心声书写出来。可以说海明威的大量文字都散发着战时与战后美国青年对现实的绝望。海明威不仅竭尽所能地发挥着对"迷惘"的认知，同时也表现着海明威内心的"硬汉观"。海明威一向以"文坛硬汉"著称，他是美利坚民族的精神丰碑，代表着美国民族坚强乐观的精神风范。在《老人与海》中海明威用风暴、鲨鱼等塑造了一个"人可以被消灭，但是不可以被打败"的硬汉形象，同时也反映了海明威英勇、坚定的生活态度。海明威的众多作品中不仅充斥了"迷惘""硬汉"等思想，不可忽视的还有他对自然与死亡的理解。作为一个对生命有着独特理解的文学大家，海明威形成了对死亡的坦荡、豁达的人生态度。《午后之死》就明确指出："所有的故事，要深入一定程度，都以死为结局，要是谁不把这一点向你说明，他便不是一个讲真实故事的人。"海明威想要表达"死亡是人生的终点，任何人不可逃避"这一观点。《老人与海》中也有海明威对自然生态的想法，海明威利用桑迪亚哥、环境、鱼类的关系形象地阐述了：人不能过于追求物质享乐，要尊重自然、节省资源、保护生态环境，才能达到人与自然的和谐。总之，海明威光彩夺目的主题思想和艺术风格都在探究着人类文明进程中对生命的思考。

海明威的创作经历了一个复杂的发展变化过程。在海明威早期的作品中，海明威表达对西方资本主义日趋腐朽的绝望和内心痛恨战争的不满情绪，文字中蕴藏着一种悲观和颓废的色彩。海明威在创作中期才改变了这种思想，开始对西方资本主义和战争的本质有了新的认识，这是海明威心路历程上的一个重大发展。海明威的后期作品依旧延续着早、中期的写作风格和迷惘情绪，但是却比早、中期的作品反映的情绪更加明显。值得一提的是，海明威的创作中也充斥了大量的意识流和含蓄表达，从而使读者在真假变换中感受到人物或强烈、或浪漫的内心世界。

为了方便海明威文风的欣赏者了解海明威，我们特出版海明威全集系列丛书，包含海明威的多部小说、书信、新闻稿、诗等作品。读者可从中感受到海明威享受心灵的自由却求索不得的无奈，也可感受到海明威对内心对生命最强烈的回响。海明威的作品无论在中心思想层面，还是语言风格方面都有其独到之处，因此他的作品读来令人回味无穷。对于欣赏者来说，要具备独特的艺术鉴赏力和审美修养才能发掘海明威"海面下的宏伟冰山"，从而产生更多对生命的思考。

目　录

第一篇　红色与黑色的笑声

第一章 2

第二章 5

第三章 8

第四章 12

第五章 15

第二篇　为生存而努力

第六章 26

第七章 31

第八章 34

第九章 41

第十章 44

第三篇　处于战争的男人们以及社会的消亡

第十一章 ·· 50

第十二章 ·· 58

第四篇　一个伟大民族的消失以及 美国人道德的形成和败坏

第十三章 ·· 70

第十四章 ·· 75

第十五章 ·· 79

第十六章 ·· 82

卷首语

也许正是由于能说明一位喜剧作家最不该有背离自然的借口，对一位严肃的诗人来说，要接触伟大而值得称颂的事情也许并不很容易；但是生活却处处给一位善于捕捉的观察者提供荒唐可笑的依据。

—— （英）亨利·菲尔丁①

---

① 本书卷首及以下四部部首的引文都引自长篇小说《约瑟夫·安德鲁斯的经历》（1742）的序言，亨利·菲尔丁在文中详细阐明了他对讽刺喜剧创作的见解。

第一篇　红色与黑色的笑声

真正荒唐可笑的事都是矫揉造作。

——（英）亨利·菲尔丁

第一章

　　瑜伽·约翰逊站在窗前向外望，这里是密歇根州一家大水泵制造厂。春天的步伐就要近了，有个摇着笔的伙计哈钦森曾写过："冬天来了，春天还会远吗？"① 难道今年还是如此？瑜伽·约翰逊思索着。在瑜伽旁边的那个窗口旁站着一个又高又瘦有张瘦长的脸的青年，他是斯克里普斯·奥尼尔。两人凝视着水泵厂空无一人的院子。大雪掩盖了即将被运走的水泵。只有等到冰雪消融，工人们才能把这些箱装水泵一一运出，拉到 G. R. &I. 铁路②车站，再装上平板车运走。瑜伽·约翰逊凝视着窗外被雪覆盖的水泵，呼出的热气在玻璃上凝成玲珑的小霜花。他想起了巴黎。这些细小玲珑的霜花勾起了他的思绪，让他想起了曾待过两个星期的花都。那是他一生中最愉快的两个星期，如今却抛之脑后了。

　　斯克里普斯·奥尼尔有两个妻子。他呆呆地望着窗外，带着他固有的纤弱和硬朗，想起了她们俩。一个住在曼塞罗那，另一个住在佩托斯基③。

　　自去年春天之后，他还未见过在曼塞罗那的妻子。他漠不关心地想着春天代表着什么。斯克里普斯经常与曼塞罗那的妻子一起酗酒。喝醉后，他们就很快乐。他们会沿着铁轨走出火车站，

---

　　① 原句出自英国诗人雪莱名作《西风颂》。
　　② G. R. &I. 是大急流城和印第安纳铁路的首字母缩写。
　　③ 佩托斯基在密歇根州下半岛北部一个小城镇曼塞罗那的北面，濒临密歇根湖的港口城市。

边喝酒，边看火车急驰而去；会在山坡的一株松树下，俯视下面经过的列车；有时喝个通宵，有时连着喝一个星期。这使斯克里普斯坚强。

斯克里普斯有个女儿叫路茜·奥尼尔①，他开玩笑的称她为邋遢妹奥尼尔。有一次他们在铁路边连续喝了三四天后，斯克里普斯的妻子失踪了。他找不到她的踪影。他醒过来时，周围一片漆黑。他沿着足下硬邦邦的枕木向城区走去。他知道自己在铁轨上站不稳，因此他在枕木上走着。进城还有很长的一段路，他走了很久，终于能够看到灯光，那儿是车辆编组场。走过曼塞罗那中学，他在铁轨边转个急弯，那是一座用黄砖砌成的建筑，跟他曾在巴黎看到的那些建筑不一样，不是洛可可风格②。不，去过巴黎的是瑜伽·约翰逊，他没有去过。

瑜伽·约翰逊望着窗外，天黑了，水泵制造厂要关门了。他小心地将窗户开了一道缝儿，这样就足够了。院子里的积雪开始消融。一阵暖风吹来，水泵工人们称呼它奇努克风③。暖洋洋的风透过窗户吹进水泵制造厂，工人们都把工具放下，其中不少是印第安人。

紧咬牙关的矮个子工头，曾到德卢斯旅游，他在那里有过一段神奇的经历。德卢斯住在这有着蓝色水面的大湖④对面，位于明尼苏达州的一片树林里。离这儿很远。

工头把一只手指伸进嘴里沾湿，竖在空中感觉风的温度，是

---

① "邋遢妹"原文是 Lousy，和路茜（lucy）同音。
② 洛可可（Rococo）风格是18世纪初产生于巴黎的一种精美的装饰艺术风格，主要表现在建筑上，后来发展到家具、地毯等室内装饰品及绘画上。
③ 奇努克风是指从美国中部的落基山脉东坡刮来的干暖的西北风，主要出现在冬春交替之时。
④ 密歇根湖。德卢斯是五大湖区的一个内陆大港。

暖的，他失望地摇摇头，有点儿冷冰冰地对工人们笑笑。

"得，伙计们，这是定期的奇努克风。"他说。

工人们多半沉默着挂起工具。把那些完成了一半的水泵收起，在支架上安放好。工人们排队走出来，有些人在讲话，有些人不发一语，还有几个人在商量，一起去洗手间洗洗手脸。

窗子外面，传来一声呐喊，那是印第安人打仗时会有的呐喊。

第二章

斯克里普斯·奥尼尔站在曼塞罗那中学外，抬头望着那些亮着灯的窗子。天色很黑，雪从天上飘下，犹如舞动的精灵。在斯克里普斯有记忆以来一直在下雪。有个路人停下来，瞪了一眼斯克里普斯。这男子跟他究竟有什么相干啊？他继续赶路。

斯克里普斯站在雪地里望着学校的窗户，灯光从里面透出来。屋里，学生们正在学习。男孩儿和女孩儿竞相钻研知识，他们一直学习到深夜，这股强烈的学习欲望如风暴般正席卷着全美国。他的女儿，那个小邋遢妹，让他在医生账单①上花了整整七十五块钱的女孩儿，正在里面学习。斯克里普斯很是自豪。要他去学习可太晚了，不过在那里，邋遢妹正在抓紧时间夜以继日地学习。她是个有天分的女孩儿。

斯克里普斯走向前面的屋子，他的家，那屋子不大，但斯克里普斯的妻子并不在意。

她经常在和斯克里普斯喝酒时说："我不需要一座精美华丽的王宫。我只想要一个可以避风的地方。"斯克里普斯相信她没有说谎。此刻，黄昏已过，他在雪中走着，抬头看到自己屋里的灯光，庆幸自己相信她的话。这样温馨的屋子可比回到一座冷冰冰的王宫好得多。他，斯克里普斯，可不是那种不切实际的人。

---

① 指她出生时所花的费用。

他打开屋门，走进去。他竭力想摒除脑子里接连不断的想法，但是没用。他的朋友哈利·派克有一回在底特律认识了一个写诗的伙计，写了一些什么来着？哈利常常在他面前背诵："虽然我们可以漫游在乐园和王宫之中。但什么什么没有比家更好的地方。"他记不住那些歌词。他为它写了一支简单的曲调①，教路茜唱。那是他初次结婚时的事。假如斯克里普斯继续干下去，也许他会成为一位出色的作曲家，为芝加哥交响乐队的演奏写些劳什子。他当晚就让路茜唱这首歌。他再也不喝酒了，因为酒使他的耳朵失去了乐感。好几次他喝醉了，听到列车在晚上爬上博因瀑布城②那边的坡道时的汽笛声比斯特拉文斯基③曾写过的任何东西都要动听。这样不行。他要像拉小提琴的阿尔贝特·斯波尔丁④那样，去巴黎展示自己的才华。

斯克里普斯打开门，走进去。"路茜，"他叫道，"是我，斯克里普斯。"

他再也不碰酒了。再也不去铁路边消磨夜晚的时间了。路茜可能想要一件新的皮大衣。可能吧，毕竟她想要座王宫，而不是小屋子。你压根儿不会知道如何对待一个女人。或许这里不是她的避风港。他胡思乱想着擦亮了一根火柴。"路茜！"他叫道，嘴里没有发出那种恐慌感。他的朋友沃尔特·西蒙斯有次在巴黎旺多姆广场上看到一匹种马被路过的公共汽车碾过时，听到它嘴里

---

① 这首歌曲是流传甚广的《家，可爱的家》，由英国作曲家亨利·毕晓普（1786—1855）作曲，收入歌剧《米兰姑娘克拉莉》中，由美国剧作家约翰·佩恩（1791—1852）作歌剧脚本，并为这首歌配词。这里是戏说。

② 博因瀑布城在曼塞罗那和佩托斯基之间。

③ 斯特拉文斯基（1882—1971），美籍俄罗斯作曲家、指挥家，擅长为芭蕾舞剧作配乐和交响乐创作，是20世纪影响最大的作曲家之一。

④ 阿尔贝特·斯波尔丁（1888—1953），美国小提琴家、作曲家。他7岁开始拉小提琴，1905年在巴黎首次登台演出。

发出的就是这种声音。巴黎全都是种马，没有骟马，也不饲养母马。从大战①起就是这样，这里的一切因大战而改变。

"路茜!"他叫道，马上又是一声"路茜"! 没有回音。屋内空空如也，这里被人抛弃了。屋里很冷，他瘦长的身子孤零零地站在那里，斯克里普斯的耳边响起一声遥远的印第安人打仗时的呐喊。

---

① 指 1914—1918 年的第一次世界大战，下同。

第三章

　　斯克里普斯决绝地离开了曼塞罗那，他与那里就这样薪尽火灭了。这座小城什么也没有给他。随着出了这样的事儿，操劳了一辈子的积蓄一扫而空，什么也没有剩下。他出发去芝加哥寻找活儿干。芝加哥是个好地方。它就位于密歇根湖西南端，地理位置优越。是个傻瓜都知道，只要好好努力在芝加哥干活儿就能成就一番事业。他要在现在叫大环①的地区买地，那是个零售业和制造业的大区。他要以低价把地皮买进，让那些需要土地的人，用高价来争夺他手里的地皮，他如今也会耍点手段了。

　　他独自一人，没戴帽子，风雪刮着头发，沿着 G. R. &I. 铁路的轨道走去。这是他一生经历过的最冷的夜晚。他捡起一只倒在路轨上的鸟儿，它被冻僵了。把它放在衬衫里焐暖。鸟儿紧靠着他暖烘烘的身子，感恩地啄着他的胸膛。"可怜的小东西，"斯克里普斯说，"你也觉得冷啊。"

　　泪如清泉般从他的眼里涌出。

　　"见鬼的风。"斯克里普斯说，又冒着风雪向前走去。这是从苏必利尔湖②上吹来的风。风在斯克里普斯头顶上空盘旋，电报线被刮得嗖嗖作响。黑夜中，一只黄色的大眼睛向斯克里普斯迎

---

　　① 大环（Loop）原指 1897 年芝加哥商业区由高架铁路组成的一个环路的地区，约两平方英里，后来泛指这一地带，那里有全国最大的百货公司，区内的拉萨尔街有证券交易所等，被称为芝加哥的华尔街。

　　② 密歇根州北部叫上半岛，为东西走向的半岛，苏必利尔湖就在它的北面，为美国和加拿大所共有。

面驶来。这辆巨大的火车头在暴风雪中越来越近了。斯克里普斯跨到轨道旁边，让开路，让它开过去。那个摇笔的老伙计莎士比亚写过什么来着，"强权即真理"？列车从身边驶过时，斯克里普斯想起了这句引语。火车头开过去时，他看见那火夫弯腰把一大铲一大铲的煤块倒进敞开的炉门里。司机戴着护目镜，火光从敞开的炉膛门中射出来照亮他的脸。这时他用一只手按着扼气杆。斯克里普斯突然想起一句话，是那些在芝加哥被处以死刑的无政府主义者临刑前说的话："尽管我们今天被你们杀死，你们仍然不能什么什么我们的灵魂。"芝加哥森林公园游乐场旁的瓦尔德海姆墓地是他们的安息处，那里有一块纪念碑。斯克里普斯的父亲经常在星期天带他去那里。这纪念碑通体黑色，上面有个天使，也是黑色的。这是斯克里普斯童年的事，那时他经常问他的父亲："爸爸，为什么我们周日只有来看过这些无政府主义者才能去乘惊险滑梯玩儿呢？"父亲的回答很难使他满意。那时他还是个穿着短裤的小男孩儿。他父亲曾是位了不起的作曲家，他母亲是意大利人，她来自意大利北部。他们都很特别。

　　斯克里普斯站在轨道边，那一节节又长又黑的车厢"咔嗒咔嗒"地从他身边飞驰而过。一节节拉着窗帘的车厢驶过，每节车厢都是普尔曼卧车①。从车窗底部的窄缝里泻出一缕灯光。假如这列车开往另一方向就会发出轰隆隆的声音，但它是开往博因瀑布城的，此刻正顺着坡道向上爬。虽然比下坡时速度慢，但斯克里普斯扒不上去，它太快了。他想起小时候自己经常扒那种大型的装食品的杂货车，他可是个行家。

---

① 1865 年由美国实业家乔治·普尔曼（1831—1897）发明的铁路卧车，采用上下铺，两年后设立公司制造，租给铁路公司使用。

斯克里普斯站在轨道边，这列又长又黑的普尔曼卧车驶过他面前。都是谁在这些车厢里？他们来自美国，睡着了还能攒钱吗？她们做母亲了吗？他们做父亲了吗？其中有情侣吗？或者，他们来自欧洲，被大战弄得家庭破碎、心力交瘁吗？斯克里普斯很想知道。

列车在轨道上向前驶去，最后一节车厢与他交错而过。斯克里普斯看着车尾的红灯淹没在黑暗中，雪花轻轻地飘落。那只鸟儿因他的体温恢复了活力，正在他衬衫里扑腾。斯克里普斯抬脚沿着一根根黑色的枕木向前走。他想明早就开始工作，今晚一定要到达芝加哥。鸟儿又扑腾了一下，它现在很活泼不是那么疲弱无力了。斯克里普斯伸手按着它，让它不再扑腾。鸟儿静了下来，斯克里普斯沿着铁轨向前大步走去。

其实有很多地方可供他选择，没必要非得赶去芝加哥，那儿毕竟太远了。亨利·门肯是个评论家，他称芝加哥是"美国的文学之都"，那又怎样？还有大急流城①呢。到了大急流城，他就可以像其他发财的人那样做家具生意，赚大钱了。大急流城的家具很有名，凡是在傍晚散步的小两口谈起成家时，总会说起它。他记起小时候，他母亲和他一起光着脚在今天叫大环的市区挨家挨户行乞时指给他看过一块招牌。上面有电灯并闪闪发光，他母亲很喜欢。

"这灯光和我家乡佛罗伦萨的圣米尼亚托②的没有两样，"她跟斯克里普斯说，"好好看看，我的儿子，因为有一天翡冷翠③交

---

① 一译"大瀑布城"。美国密歇根州西南部格兰德河岸城市。为该州第二大城，是美国大批量生产大众化家具的中心之一。
② 圣米尼亚托大教堂于1062年建成，为这里罗马式建筑的代表作。
③ 即佛罗伦萨，意大利语名为 Firenze。是我国诗人徐志摩首先使用的译名，字面优美。

响乐队将在那儿演奏你的乐曲。"

在他母亲裹着条旧围巾躺在今天的黑石大饭店所在地时，斯克里普斯便注视着这块招牌，一看便是几个小时。这块招牌给他留下很深的印象。

让哈特曼来装点你的安乐窝

上面这么写着。它闪现出很多种颜色。刚开始是夺目圣洁的颜色，这是斯克里普斯的最爱。然后是充满生命的绿色，后来又闪出一片如火的红色。有天晚上，他挨着母亲暖烘烘的身子蜷身躺着，注视着炫目的招牌，有名警察走来。"你们得走开。"他说。

是啊，做家具生意可以发财，如果你懂得怎么做生意的话。他，斯克里普斯，恰恰懂得这一行的所有门路。他在头脑里把有关这件事的计划订下，他要在大急流城安定下来。那只小鸟扑腾了一下，显得很快活。

"我要给你打造一只美丽的镀金鸟笼，我的美人儿。"斯克里普斯兴高采烈地说。小鸟信心十足地啄啄他，斯克里普斯冒着暴风雪大步前行。雪下大了，堆积在轨道上，被风刮起，一声印第安人打仗时的呐喊声在他耳边响起。

第四章

斯克里普斯现在在哪儿呀？在暴风雪中走着走着，他糊涂了。那个夜晚，是那么可怕，他发现自己没有了家，就动身去芝加哥。是什么导致路茜要离家出走？邋遢妹现在过得如何？他都不清楚，他把这一切抛之脑后，什么都不想。他如今身无长物，站在齐膝深的积雪里，面前是一个车站。上面用大字写着：

佩托斯基

在站台上堆叠着一堆死鹿，都僵硬了，被雪半掩着。是猎户们从密歇根州上半岛运来的。斯克里普斯把这些字又念了一遍，这儿真是佩托斯基吗①？

从车站的屋里传来一阵"嗒嗒嗒"声，一个男人在那儿敲打着什么东西，他看看外面的斯克里普斯。他是个发报员吗？斯克里普斯从某些线索上猜想他正是。

他从积雪里出来，走向窗口。那人正忙着敲打发报机的电键。

"你是发报员吗？"斯克里普斯问。

"是的，先生，"那人说，"我是发报员。"

"啊！真是太好了！"

发报员疑惑地看着他，这个人高兴什么呀？

---

① 他本来想去南方的芝加哥或大急流城，可是在暴风雪中往北方走了，来到了佩托斯基。

"当发报员难吗?"斯克里普斯问。他本想直接问这人这里是不是佩托斯基,他对美国北部并不熟,这片广大的地区对他来说是陌生的,但是又害怕会太失礼。

发报员惊讶地望着他。

"听着,先生,"他问,"你是相公①吗?"

"不,"斯克里普斯说,"我不知道什么是相公。"

"哦,既然如此,"发报员说,"你为什么随身带只鸟儿?"

"鸟儿?"斯克里普斯问,"什么鸟儿?"

"从你衬衫里露出头的那只。"斯克里普斯觉得迷惑不解了。这发报员是什么人啊?怎样的人会干发报这一行呢?他们像作曲家?艺术家?作家?像那些在全国性周刊上撰写广告的广告界人士吗?不然,他们像那些欧洲人,被大战弄得形容枯槁,最好的年华已经逝去了吗?他可以把经历毫无保留地告诉这个发报员吗?他能明白吗?

"我回家的时候,"他开口说,"路过曼塞罗那中学的门前……"

"哦,曼塞罗那,那儿有我认识的一个姑娘,"发报员说,"爱塞尔·恩赖特,你认识她吗?"

这样说根本没用。他要简明扼要地把话说出来。再说,他快被冻僵了,凛冽的寒风刮过站台上实在太冷了。他心里明白继续讲下去也没有什么用。他的目光扫过那成堆的鹿,僵硬而冰冷。或许它们以前也是一对对情侣,有些是雄鹿,有些是雌鹿。雄鹿有角,这样才好识别,不然像猫就比较难了。法国人阉割猫儿,却并不阉割马儿。法国太远了。

"我的妻子抛弃了我。"斯克里普斯突然说。

"如果你衬衫里带着一只该死的鸟儿到处晃荡,你的妻子离

---

① 意为男同性恋者。

开你一点儿也不稀奇。"发报员说。

"这是什么地方?"斯克里普斯问。两人之间那难得精神交融的一刻，已经消逝了。实际上他们根本没有过这种时刻，不过原本是可以有的，但现在没用了。逝去的东西是抓不住的，那是已经消逝的东西啊。

"佩托斯基。"发报员回答。

"谢谢你。"斯克里普斯说，他转身朝这陌生闲寂的北方城市走去。他很幸运，口袋里还有450元。就在他陪妻子去做那次酗酒旅行前，他向乔治·霍拉斯·洛里默①出售了一篇短篇小说。他为什么要离家出走呢? 这一切到底是因为什么?

他走在大街上，迎面有两个印第安人向他走来，他们不动声色地看看他。他们走进麦卡锡理发店。

---

① 乔治·霍拉斯·洛里默（1867—1937）在《星期六晚邮报》工作30余年（1899—1937），从普通编辑升任主编。该周刊大量刊出著名作家的文学作品，深受广大读者欢迎。

第五章

　　斯克里普斯·奥尼尔站在理发店外不敢上前。店里很是忙碌，有人在让理发师刮胡子；有些人，在让人修理头发；还有些人坐在靠墙的高背椅子上无聊地抽烟，等着轮到他们。他们有的在观赏挂在墙上的油画，有的在对着长镜子欣赏自己的影子。他，斯克里普斯，应该进去吗？他口袋里毕竟有450块钱呢，可以去任何他想去的地方。他又一次停滞不前地向里望着。在温暖的屋里，与人相处、交谈，这是个很吸引人的场面。身穿白大褂的理发师熟练地拿着剪刀"咔嚓咔嚓"剪得欢快，剪刀在他们手下犹如跳舞般很是灵巧。或者用剃刀把等着修面的人脸上涂着的肥皂沫打斜地刮去，却不损伤皮肤。这些理发师善于使用合适的工具。他忽然觉得他不需要这些，他需要点儿别的东西。他需要吃东西。再说，他还有只鸟儿需要照顾。

　　斯克里普斯·奥尼尔朝着理发店相反的方向，沿着这被风雪肆虐的寂静的北方城市的大街走去。一路走来，只见右边有些桦树树枝被积雪压得沉甸甸地向下弯着，一直垂到地面，枝上光秃秃的，没有一片叶子。雪橇的铃声传来，可能是圣诞节到了吧。在南方，小孩子们会放爆竹来庆祝节日，互相叫"圣诞礼物！圣诞礼物"。他父亲是南方人，在内战时曾参加过叛军。谢尔曼向海边大进军①时烧掉了他家的房子。"战争是地狱，"谢尔曼说过，

---

　　① *威廉·谢尔曼（1820—1891），美国南北战争中的联邦军将领。以火烧亚特兰大和著名的"向海洋进军"而闻名于世。*

“不过你知道，奥尼尔太太，这事我必须得这么做啊。”他用一根火柴点燃了那座有白色圆柱的古宅。

“如果奥尼尔将军在这儿，你敢这么做吗？你这孬种！”他母亲用她那差劲的英语愤怒地说，“你绝对不敢，不敢用一根火柴烧掉这屋子。”

滚滚的浓烟从古宅上空升起，火势越来越猛，那些白色圆柱消逝在升起的团团浓烟里，斯克里普斯攥紧他母亲麻毛交织的衣裙。

谢尔曼将军翻身上马，骑在马上，深深地鞠了一躬，“奥尼尔太太，”他说。斯克里普斯的母亲后来常说当时眼泪在他的眼眶里滚着，即使他是个该死的北佬。这个人有良心，老兄，即使他的良心不能改变他的决定。“奥尼尔太太，要是将军在这儿，我们就可以一决雌雄。就现在来看，夫人，我必须把你的房子烧掉，这就是战争。”

他挥手叫手下的一名士兵奔上前来，将一桶火油浇在火上。火焰蹿起，没有一丝风的暮色中腾起一大团浓烟。

“不管怎样，谢尔曼将军，”斯克里普斯的母亲扬扬得意地说，“这一团烟将告诉南部邦联忠诚的儿女们，敌人来了。”

谢尔曼鞠了一躬：“这是我们必须冒的风险，夫人。”他用靴刺啪地扎一下马腹，扬长而去，一头白色长发在风中舞动。从那以后，斯克里普斯和他母亲再也没见过他。奇怪，他此刻竟然想起这段往事。他抬眼一望，面前有面招牌：

　　布朗饭馆最好，试试便知

他想吃东西，这正是他所需要的。这招牌上写着：

试试便知

啊，这些有点儿规模的小饭馆①的主人很聪明，知道用什么方法能吸引顾客前来。他们不用在《星期六晚邮报》上登广告。试试便知，这样就可以了。他走进去。

走进小饭馆，斯克里普斯·奥尼尔打量四周。有一个长柜台、一只钟、一扇通往厨房的门、两三张桌子、一堆炸面圈，用玻璃罩盖着。墙上挂着些标牌，上面写着食物的名字。难道这就是布朗饭馆？

"我不清楚，"斯克里普斯问一个从厨房的弹簧双扇门走出来的有点儿年老的女服务员，"你能告诉我这儿是布朗饭馆吗，味道怎么样？"

"正是，先生，"女服务员回答，"试试便知。"

"谢谢你，"斯克里普斯说，他坐在柜台前，"给我来些豆子，我这鸟儿也需要一些。"

他解开衬衫，把鸟儿放在柜台上。鸟儿得了自由，竖起羽毛，抖了一下身子。它对番茄酱瓶充满了兴趣，不停地啄它。女服务员伸出一只手，好奇地摸摸它。

"这小东西没有那么娇弱吗？"她发表意见。"随意问问，"她问，有些不好意思地说，"你刚才点了什么，先生？"

"黄豆，"斯克里普斯说，"给我和我的鸟儿。"

女服务员推起厨房小窗上的门，斯克里普斯瞥了一眼，屋里

---

① 这种小饭馆原名为 beamxy，是专卖大众食品黄豆炖猪肉的地方，也供应其他经济实惠的饭菜。

弥漫着温暖的蒸汽，有些大壶大锅，墙上挂着好些闪亮的罐子。

"一客猪肉外加呱呱叫的东西，"女服务员冲着推开的小窗干巴巴地叫道，"给鸟儿来一客！"

"好嘞！"厨房里传来一声回音。

"你这鸟儿多大啦？"女服务员问。

"我不清楚，"斯克里普斯说，"昨晚我们才第一次见面，我当时正从曼塞罗那走来，我妻子出走了，离开了我。"

"可怜的小东西。"女服务员说。她往指头上倒了点儿番茄酱，鸟儿感激地啄食。

"我妻子出走了，离开了我"斯克里普斯说，"当时我们正在铁道边喝酒赏景。我们喜欢晚上出去，看一列列火车飞驰而过。我写小说，有一篇在《晚邮报》上登过，还有两篇发表在《日暮》① 上。门肯想方设法让我为他效力。我太聪明了，不屑干那种事。我的作品不谈政治，政治太复杂使我头痛。"

他在乱说什么呀？前言不搭后语。不能这样下去，他必须控制住自己。

"斯各菲尔德·塞耶②当过我的伴郎，"他说，"我在哈佛毕业。现在，我只希望有人让我和这鸟儿饱餐一顿，别再讲与政治有关的东西了。赶走柯立芝博士③。"

他神思不属了，他知道是为什么。他快饿晕过去了，这北国的风对他来说太凛冽刺骨了。

---

① 《日暮》，文学评论月刊，于1880年在芝加哥创刊，1918年迁往纽约，激进派的代表刊物，1920年后大力鼓吹现代文艺流派，于1929年停刊。

② 1925年春，斯各菲尔德·塞耶任《日暮》编辑时，曾退掉海明威的短篇小说《不可战胜的人》，他在这里是戏说。

③ 柯立芝（1872—1933），美国第三十任总统。1920年大选时作为沃伦·哈定的竞选伙伴成功当选第二十九任美国副总统。1923年，哈定在任内病逝，柯立芝即递补为总统。1924年大选连任成功，对内厉行不干涉工商业的政策，促进国家繁荣，对外执行孤立主义的政策。

"听着，"他说，"你能先给我来一丁点儿那种黄豆吗？我不是想催，我只是饿了，想先垫点儿东西。"

那小窗被推上去了，一大盘黄豆和一小盘黄豆冒着热气，出现了。

"要的东西来啦。"女服务员说。

斯克里普斯开始吃那一大盘黄豆，还有点儿猪肉呢。那鸟儿吃得很欢，每吞一口就要抬起头好让豆子顺利下肚。

"它这么做，是为了这些黄豆在感谢上帝。"女服务员解释。

"这黄豆确实很好吃。"斯克里普斯表示赞同。吃了东西，他的精神集中起来，头脑也变得清醒。他刚才扯了些什么关于那个亨利·门肯的废话来着？难道门肯真的抓着他不放？这个假设可并不美好。他口袋里有 450 元，在他应该能把事情了结之前，这笔钱应该够用了。要是他们逼得太厉害，他们就会自食恶果。他可不是个好脾气的主儿，让他们拭目以待吧。

那鸟儿吃完黄豆就休息了，它睡觉的时候一条腿站着，另一条腿在羽毛中蜷起。

"等它这条腿站着睡得累了，就换另一条腿儿站着睡。"女服务员说，"我们家里有只老鸮，就是这样的。"

"你的老家在哪儿？"斯克里普斯问。

"在英国的湖泊地区①。"女服务员面带眷恋的微笑说，"华兹华斯的故乡，你应该知道。"

啊，这些英国人。地球上遍布了他们的足迹，他们不会安于本分的，他们那个小岛留不住他们。怪异的北欧人，执着地做着

---

① 湖泊地区位于英格兰西北部坎布里亚郡，著名的温德米尔湖和全国最高的斯科费尔峰位于此地。诗人华兹华斯在那里出生，死后安葬于此，和柯勒律治及骚塞被称为湖畔诗人。

他们的帝国梦。

"服务员并不是我的职业。"这女服务员说。

"我相信,你并不像。"

"当然不,"女服务员继续说,"这段经历很奇异,说不定你会觉得乏味。"

"怎么会呢?"斯克里普斯说,"你不介意我什么时候将这段经历写入我的作品吧?"

"如果你觉得有趣,我就不介意,"女服务员笑吟吟地说,"你不会用我的真名实姓,这是没问题的。"

"如果你不愿意,我就不用,"斯克里普斯说,"顺便问下,可以再来一客黄豆吗?"

"试试便知。"女服务员笑了。她脸上出现了皱纹,脸色灰白,有点儿像那个在匹兹堡去世的女演员。叫什么来着?兰诺尔·乌尔里克,出演过《彼得·潘》的。对,就是她。听说她外出总是习惯戴着面纱,斯克里普斯想,这女人才是让人感兴趣的。真是兰诺尔·乌尔里克吗?① 或许不是,没关系。

"你真的还要点儿黄豆?"女服务员问。

"对。"斯克里普斯回答得很干脆。

"再来一客呱呱叫的东西,"女服务员冲着小窗喊道,"甭管那鸟儿啦。"

"好嘞。"传来一声应答。

"请接着讲你的经历。"斯克里普斯温和地说。

---

① 英国剧作家詹姆斯·巴里(1860—1937)创作的童话剧《彼得·潘》从 1904 年初上演,剧中由漂亮的女演员反串永远不会长大的少年主人公彼得·潘。本书写于 1925 年,海明威这里是在戏说,因为兰诺尔·乌尔里克后来担任过好莱坞影片《茶花女》(1936,嘉宝主演)和音乐片《西北哨》(1947)中的配角。

"这件事发生在举办巴黎博览会那年①，"她开口说，"我当时还是个孩子，用法语说，叫 jeune fille，母亲带着我从英国去。我们计划参加博览会的开幕式。我们从北站到旺多姆广场我们预订的旅馆的途中，拐进一家理发店，置办了一些东西。我还记得，我母亲添购了一瓶'嗅盐'，照你们美国的叫法。"她微笑着。

"好，继续讲。嗅盐。"斯克里普斯说。

"我们按惯例在旅馆登记，预订的客房是毗连的。因为赶路，我母亲觉得有点儿疲乏，我们就在房间里享用了晚餐。因为第二天就可以参观博览会，我当时兴奋极了。可是我赶了路后也累了——我们渡过英吉利海峡时天气糟糕透了——睡得很沉。我早上醒来，呼喊我的母亲。没有人应声，我以为妈妈还睡着，就走进去想叫醒她。奇怪的事发生了，妈妈不在床上，睡在那儿的是一位法国将军。"

"上帝！"斯克里普斯用法语说。

"我手足无措，"女服务员继续讲下去，"就打铃把管理人员叫来。账台人员来了，我向他询问母亲的下落。"

"'可是，小姐啊，'那账台人员解释说，'我们根本不知道你母亲的事。你是和一位什么将军来这儿的。'——我记不清那位将军的姓名了。"

"叫他霞飞②将军吧。"斯克里普斯建议说。

"那姓氏跟这个很像，"女服务员说，"我当时差点吓死，就

---

① 指1889年为纪念法国革命一百周年举行的大博览会，为此还建造了著名的埃菲尔铁塔，是当时世界上最高的建筑。

② 霞飞（1852—1931），法国元帅和军事家。在第一次世界大战前期担任西线法军总司令，力挽狂澜，在兵临城下的危局中保住了巴黎。

去叫警察，申请查阅旅客登记簿。'你会发现我和我母亲一起登记在上面的。'我说。警察来了，那账台人员把登记簿拿来。'瞧，女士，'他说，'你跟昨晚陪你来我们旅馆的那位将军一起登记的。'"我无路可走了。后来，我终于想起了那理发店的地址。警方把发型师找来，一名警探带他进来。"

"'我和我母亲去过你的店，'我对发型师说，'我母亲还买了瓶'嗅盐'。'"'我记得你，小姐，'发型师说，'但陪着你的不是你母亲，而是一位年纪有点儿大的法国将军。我记得，他买了一把用来卷小胡子的钳子，反正我在账簿上就能查到这笔账。'"

"我很灰心，我找不到关于母亲的一点线索。此时，警方将那名把我们从车站送到旅馆的出租车司机带来了。他发誓说我绝对不是和我母亲一起来的。说说看，这段经历你听得乏味吗?"

"继续说，"斯克里普斯说，"要是你曾像我那样为想不出故事情节而苦恼，就会明白我现在的心情了!"

"好吧，"女服务员说，"这故事也就此结束了，我再没见过我母亲。我联系上大使馆，可他们也无能为力。他们最后证实了我确实跟我母亲渡过了英吉利海峡，可是此外他们就毫无办法了。"女服务员眼中流出泪水，"我再也没见过妈妈，一次也没有。"

"那位将军怎么样啦?"

"他最后借给我一百法郎——就算在当时也并不多——我来到美国，当上了女服务员。这段经历也就此结束了。"

"不仅是这些，"斯克里普斯说，"我以性命做赌注，不仅是这些，一定还有其他的事。"

"有时候，你知道，我觉得确实，"还是女服务员说，"我觉得一定不仅仅是这些。在某些地方，用某种方式，总该有个说法吧。我不知道今儿早上怎么会想起这事儿。"

"这是好事，能将心事和盘托出。"斯克里普斯说。

"是啊，"女服务员微笑着说，这一来她脸上的皱纹就不是很深了，"我现在觉得好些了。"

"跟我说说，"斯克里普斯对女服务员提道，"在这里有适合我和我这鸟儿做的工作吗？"

"正当工作？"女服务员问，"我只知道正当工作。"

"对，正当工作。"斯克里普斯说。

"有人说过新开的水泵制造厂正在招人手。"女服务员说。为什么他不用双手干活儿呢？罗丹这么干过，塞尚当过屠夫，雷诺阿做过木匠，毕加索小时候在香烟厂里干过活儿；吉尔勃特·斯图尔特①画的那些著名的华盛顿像，在美国到处被复制，在每间教室挂着——吉尔勃特·斯图尔特曾是铁匠；此外还有爱默生当过泥瓦小工；詹姆斯·拉塞尔·洛威尔，听说他年轻时当过发报员，就像车站上那个人一样，也许现在那车站上的发报员正在写他的《死亡观》或《致水鸟》②呢。他斯克里普斯·奥尼尔，去水泵制造厂干活儿有什么奇怪的呢？

"你还来这儿吗？"女服务员问。

"如果可以的话。"斯克里普斯说。

"来时带上你的鸟儿吧。"

"好，"斯克里普斯说，"这小东西累惨了，毕竟这一晚对它来说确实有点儿难以承受。"

---

① 吉尔勃特·斯图尔特（1755—1828），美国早期的肖像画画家，开创了一种独特的绘画风格，影响深远。

② 美国诗人洛威尔（1819—1891）的著名抒情诗。他出身新英格兰望族，同时是有深远影响的政论家、文艺评论家及外交家。

"我也这么认为。"女服务员表示认同。

斯克里普斯走出去，又投入这城里。他觉得神清气爽，对生活充满希望了。进一家水泵制造厂会是件很有意思的事，现在水泵是了不起的东西。在纽约华尔街上，每天有人通过水泵发大财，也有人变成穷光蛋。他知道有个家伙不到半个小时就通过水泵净赚了整整五十万元。人家是行家，这帮华尔街的大经纪人。

走到外面街上，他抬眼看那招牌，"一试便知。"他念道。人家懂这些，没错，他说。不过是否当真有一名黑人厨师？就那么一次，就在那一刹那，当那小窗拉上去的时候，他自以为瞅见了一摊黑色的东西，也许那家伙只是被炉灶的煤烟熏成个大花脸呢。

第二篇　为生存而努力

　　在此，我郑重声明，我绝无诋毁或中伤任何人的意思；因为尽管本书中的一切都是根据自然这部大书摹写来的，并且几乎没有一个角色是我编造的或某段情节不是我自己观察得来或亲身经历过的，我仍然采取谨慎小心的态度，用很多不同的境况、层次和色彩把这些角色隐藏起来，让人们不可能准确地猜出他们是谁；而假如有相反情况发生的话，那只是因为所刻画的缺点实在渺小细微，以至无非是个性格上的细小瑕疵，当事人和其他任何人都会一笑置之的。

——（英）亨利·菲尔丁

第六章

斯克里普斯·奥尼尔正在找工作，用双手干活儿是桩好事。他背对那家小饭馆，顺着大街走去，经过麦卡锡理发店时，他并没走进去。它看上去还是那么充满诱惑，但斯克里普斯现在需要的是一份工作。他在理发店所在的街角转个弯，走上佩托斯基的主干道。那是条漂亮、宽敞的大街，两边排列着砖和压制石块筑成的房屋。斯克里普斯沿着街道走向那水泵制造厂所在的城区。到了水泵制造厂门口，他觉得困惑了：难道这便是那家水泵制造厂？不错，一连串的水泵正搬出来搁在雪地里，工人们正一桶一桶地把水浇上去，好结成一层冰来保护它们免受冬天寒风的侵袭，其作用和油漆一样好。可这些真的是水泵吗？可能是个骗局。这些搞水泵制造的是乖巧的家伙啊。

"嘿！"斯克里普斯冲一名正在往一台新水泵上浇水的工人打招呼。刚搬出来的水泵看上去还没完工，正带着抗议的姿态立在雪地里。"这就是水泵吗？"

"以后会变成水泵的。"这工人说。

斯克里普斯清楚这就是那家厂了，这一点人家是骗不过他的。他来到门前，上面有块牌子写着：闲人莫入，指的是你。

难道说的是我吗？斯克里普斯拿不准主意，他敲了敲门，便进去。

"我想找经理。"他说，悄悄地站在光线暗淡的灯光下。

工人们从他的身边走过，肩上扛着未完工的新水泵。经过时，哼着一段段曲调。水泵上的手柄死板地摇摆着，像是在无声地抗议。有些水泵没有手柄，可能这些算是幸运儿吧，斯克里普斯想。一个小伙子走到他面前，他体格健美，个子不高，肩膀宽阔，表情严肃。

"是你要找经理吗?"

"是，先生。"

"我是这里的工头，我说了算。"

"你管招人吗?"斯克里普斯问。

"我能做这儿做那儿，一样容易。"工头说。

"我想要份工作。"

"有经验吗?"

"水泵活儿可没干过。"

"没关系，"工头说，"你可以做计件工。来，瑜伽，"他叫一个工人，那人正在厂房的窗边站着，凝视着窗外，"带这个新人去放好行装，告诉他怎么在这里走动。"工头上下打量了一遍斯克里普斯。"我是澳洲人，"他说，"希望你会喜欢上这儿。"他走开了。

这个叫瑜伽·约翰逊的男人从窗边走过来。"认识你很高兴。"他说。他身材结实，体格健美。几乎在任何地方都能见到这类型的男人，他看上去似乎经历过磨难。

"那位工头是我认识的第一个澳洲人。"斯克里普斯说。

"哦，他不是澳洲人，"瑜伽说，"他不过在大战时和澳洲兵待过一阵子，给他留下了深刻印象。"

"你参加过大战?"斯克里普斯问。

"是的。"瑜伽·约翰逊说，"我是第一个从凯迪拉克城参军的。"

"那是一段相当重要的经历吧。"

"对我来说意义重大，"瑜伽应道，"走吧，我带你参观一下厂里。"

斯克里普斯跟随着这人走遍了水泵制造厂。厂内很暗但很暖和。工人们光着膀子，趁一台台水泵滚过一条循环的传送带时，用巨大的钳子夹住水泵，剔出次品，把完美的水泵放在另一条直接传送进冷却室的传送带上。另外有些工人，大多数是印第安人，只裹着围胯布，用大锤和板斧把次品砸碎，然后改铸成斧头、大车钢板、滑动底板、子弹铸型等这一类大水泵制造厂的副产品。什么都不浪费，瑜伽这样说。有一伙印第安男孩儿，轻声哼着一支古老部落的劳动号子，蹲在巨大的锻造车间角落里，把水泵铸造过程中凿下来的小碎片加工成保安剃刀的刀片。

"他们干活儿都不穿衣服，"瑜伽说，"出厂时要搜身。有时候他们冒险把刀片藏起来，夹带出去非法贩卖。"

"这样损失会很大吧。"斯克里普斯说。

"啊，不，"瑜伽回答，"他们差不多都被检查员逮住了。"

楼上的一间房内，两个老头儿正在干活儿。瑜伽打开门，一个老头儿从钢框眼镜上方瞟了一眼，皱下眉头。

"你把穿堂风放进来了。"他说。

"快把门关上。"另一个老头儿说，语气里充满年纪老迈的人的那种抱怨。

"他们俩是我们的技工师傅，"瑜伽说，"他们制造厂方送出去参加大规模国际水泵竞赛的所有产品。你可记得我们在意大利荣获水泵奖的天下无双水泵吗？弗兰基·道森就是在意大利被杀害的。"

"我看过报道。"斯克里普斯应道。

"巴罗师傅，就是那边屋角的那位，一个人用手工制成了天下无双水泵。"瑜伽说。

"我用这把刀子直接在钢料上刻出来的，"巴罗师傅说着举起一把很像剃刀的短刃刀子，"我用了一年半的时间才把它搞好。"

"天下无双水泵的确是台好水泵，没错，"这嗓音尖厉的小老头儿说，"但是我们现在制作的水泵会让任何外国水泵都不堪一击，对吧，亨利？"

"那位是肖师傅，"瑜伽低声说，"他可以说是现在世界上最了不得的水泵制造者了。"

"你们两个年轻人走吧，别来打扰我们。"巴罗师傅说。他刻得正欢，每刻一下，他那虚弱的双手总要微微抖一下。"让年轻人观看吧。"肖师傅说，"你从哪儿来，小家伙？""我刚从曼塞罗那来，"斯克里普斯回答，"我妻子出走了。"

"哦，要再找一个也不会很难啊！"肖师傅说，"你是个长得很英俊的小伙子。不过听我一句劝，小心一点儿吧。找一个不合格的妻子绝不比没妻子好到哪儿去啊。"

"我可不同意这个说法，亨利，"巴罗师傅尖着嗓子说，"从现在的世道来看，随便什么妻子都是挺不错的妻子。"

"你听我的劝告，小伙子，慢慢儿来。这回给自己选一个好点儿的吧。"

"亨利很善解人意，"巴罗师傅说，"他知道自己讲的话是很有道理的。"他发出一阵尖锐的笑声。肖师傅，那个老水泵制造者，脸变得通红。

"走吧，你们两个小家伙儿，让我们继续做水泵，"他说，"我和亨利，还有很多工作要做呢。"

"很高兴认识你们。"斯克里普斯说。

　　"来吧，"瑜伽说，"我最好还是让你开始干活儿吧，不然那工头要盯着我不放喽。"

　　他让斯克里普斯在活塞卡圈室内干活儿，给活塞装卡圈。斯克里普斯在那儿工作了差不多一年。从某方面看，那是他这辈子最快活的一年。从另外一方面看，那是一场噩梦，一场阴森可怕的噩梦。最后，他既喜欢这种生活，又厌恶这种生活。弹指之间，一年过去了，他还在给活塞装卡圈。可是在这一年中都发生了些什么怪事啊，他经常为这些事感到烦闷。如今他给一只活塞装上卡圈简直可以用游刃有余来形容，一边烦闷，一边听哈哈的笑声从楼下传来，那些小印第安人正在那里制作剃刀刀片呢。他听着听着，喉头像被塞了一团东西，堵得慌，让他几乎要喘不过气来。

第七章

那天晚上，在水泵制造厂干了第一天活儿后，就是即将成为日复一日枯燥地给活塞装上卡圈的日子的第一天，斯克里普斯又去了那家小饭馆吃饭。一整天，他都把那只鸟儿藏起来。他觉得，在水泵制造厂那地方不适合把鸟儿从身上拿出来。那天，那鸟儿有几次把他弄得很难堪，但是他为它修改了一下衣服，甚至在衬衫上划了一道小口子，让鸟儿可以把它的尖嘴伸出来呼吸点新鲜空气。这时厂里放工了，一天的活儿结束了。斯克里普斯一路向小饭馆走去。斯克里普斯高兴能自食其力。斯克里普斯想着那两位做水泵的老头儿。斯克里普斯①前去找那位友好的女服务员。这女服务员究竟是什么人呢？她在巴黎经历过什么啊？他一定要多了解一些关于巴黎的情况。瑜伽·约翰逊去过那里，他要查问瑜伽，引他开口，逼他畅谈，要他讲他的见闻，他懂一点儿这方面的诀窍。

注视着佩托斯基港湾外上空的夕阳，此时那大湖已经被冰封了，防波堤上撅出一些巨大的冰块，斯克里普斯快步穿梭在佩托斯基的大街小巷，走到那小饭馆。他很想邀请瑜伽·约翰逊一起吃饭，可就是张不开口。日子还长，以后再说吧，到时候可以的。对付瑜伽这种人，不用急于求成。瑜伽究竟是什么人呢？他真的参加过大战？大战对他有什么影响呢？他真的是从凯迪拉克

---

① 海明威在这里连续四句以"斯克里普斯"开头，很明显是在调侃美国女作家格特鲁德·斯泰因（1874—1946）的风格。后文中还有不少这种句式。

城去参军的第一个人吗？凯迪拉克城到底在哪儿呢①？到时候都会清楚了的。

斯克里普斯·奥尼尔走到小饭馆推门进去。那个上了年纪的女服务员正坐在椅子上读《曼彻斯特卫报》②的海外版，这时站起来，把报纸和钢框眼镜搁在现金出纳机上。

"晚上好，"她开门见山地说，"太好了，你又来了。"

斯克里普斯·奥尼尔的心扑通跳了一下，一种他说不出来的感触涌上心头。

"我工作了一整天，"——他凝视着这位上了年纪的女服务员——"为了您。"他补上一句。

"真是太好了！"她说，然后害羞地笑笑，"我也工作了一整天——为了您。"

斯克里普斯的眼睛里闪着泪光，他的心又扑通跳了一下。他伸手握住这个上了年纪的女服务员的手，于是她恬静端庄地把手放在他的手里。"你是我的女人。"他说。她的眼睛里也闪着泪光。

"你是我的男人。"她说。

"我再强调一次：你是我的女人。"斯克里普斯郑重其事地念出一个个字。他心里好像有些什么裂开了，他情难自禁地想要哭。

"这就当作我们的结婚仪式吧。"有点儿上了年纪的女服务员说。斯克里普斯捏了捏她的手。"你是我的女人。"他很干脆地说。

"你是我的男人，而且不止是我的男人。"她注视着他的眼

---

① 凯迪拉克城位于密歇根州下半岛的中部。
② 于1821年在英格兰西北部大工业城市曼彻斯特创刊的报纸。刚开始是周刊，1855年政府取消报纸印花税后，改为日报，以保持独立观点的社论著称。

睛，"在我心目中你就是整个美国。"

"我们走吧。"斯克里普斯说。

"你还带着那只鸟儿吗？"女服务员问，把围裙放在一边，折好那份《曼彻斯特卫报》的周末版。"我要把《卫报》带着，希望你不会介意，"她说着便把报纸卷在围裙里，"是新到的，我还没时间看。"

"我非常喜欢看《卫报》，"斯克里普斯说，"从我有记忆起，我家就一直订，我父亲对格莱斯顿①的崇拜非常疯狂。"

"我父亲和格莱斯顿是伊顿公学的同学②。"有点儿上年纪的女服务员说，"我准备好了。"

她把上衣穿好，站着等待出发，一手拿着她的围裙、装着钢框眼镜的黑色摩洛哥旧皮套子和那份《曼彻斯特卫报》。

"你没帽子吗？"斯克里普斯问。

"没有。"

"那我买一顶送给你③。"斯克里普斯体贴地说。

"就算是你送的结婚礼物吧。"有点儿上年纪的女服务员说，她眼睛里又闪现着泪花。

"我们现在可以走了。"斯克里普斯说。

有点儿上年纪的女服务员从柜台后面走出来，他们手拉着手，双双大步走进夜色中。小饭馆里，那黑人厨师把小窗向上推开，从厨房往外望。"他们走了，"他开心地笑着说，"走进夜色中去了。妙啊！妙啊！妙啊！"他轻轻地关上小窗，他觉得自己都被感动了。

---

① 威廉·格莱斯顿（1809—1898）是英国自由党领袖，担任过四届首相。
② 格莱斯顿就读于伊顿公学时，成绩一般；后入牛津大学，在古典文学和数学课程上成绩突出。1832年当选为国会议员，开始不平凡的政治生涯。
③ 当时妇女出门必须戴女式帽子，这个习俗直到第二次世界大战后才被打破。

第八章

半个小时过去了，斯克里普斯·奥尼尔和那个有点儿上年纪的女服务员回到小饭馆，他们已经是夫妻了。小饭馆看上去跟他们离开时没什么两样，还是那个长柜台、小盐瓶、糖缸、瓶装番茄酱、瓶装英国辣酱油，还有连通厨房的那扇小窗。柜台后面站着一位临时接替的女服务员，她的胸部丰满，看上去欢喜极了，围着条白色围裙。一名旅行推销员坐在柜台前，看一份底特律出版的报纸。他正在吃一客带 T 字骨的牛排和油煎土豆丁。斯克里普斯和这位有点儿上年纪的女服务员的生活中发生了什么非常美妙的事儿。他们现在很饿了，需要食物。

这位有点儿上年纪的女服务员和斯克里普斯深情对望，旅行推销员径自看着报纸，偶尔把番茄酱往油煎土豆丁上倒一些。那名女服务员——蔓蒂，围着新做的白围裙，站在柜台后面。窗户的玻璃上凝着霜花，饭馆里很暖和，寒气被挡在饭馆外。斯克里普斯的那只鸟儿，这时正蹲在柜台上，用嘴舌梳理凌乱的羽毛。

"原来是你们回来了，"那叫蔓蒂的女服务员说，"听厨师说你们出去了，到夜色中去了。"

有点儿上年纪的女服务员看着蔓蒂，只觉眼前一亮，以往平和的声音，此刻带着比较低沉、清脆的音色。

"我们是夫妻了，"她温和地说，"我们刚结婚。你晚餐想吃什么，斯克里普斯，亲爱的?"

"我不清楚。"斯克里普斯说。他不知道为什么，心里有些隐隐的不安，他的心跳得厉害。

"黄豆你已经腻烦了吧，亲爱的斯克里普斯?"有点儿上年纪的女服务员，他现在的妻子说。旅行推销员抬头不再看报纸，斯克里普斯看出那是底特律的《新闻报》，那份报纸很好。

"你的这份报纸很好。"斯克里普斯对旅行推销员说。

"是份不错的报纸，是《新闻报》。"旅行推销员说，"二位正在度蜜月?"

"是的，"斯克里普斯太太说，"我们刚结婚。"

"得，"旅行推销员说，"这真是件好事儿，我也是有妻子的人。"

"是吗?"斯克里普斯说，"我前妻出走了，那是发生在曼塞罗那的事。"

"我们不要谈这件事了，斯克里普斯，亲爱的，"斯克里普斯太太说，"这件事你已经说过无数次了。"

"对，亲爱的。"斯克里普斯附和道。他隐约觉得对自己没有信心。有什么东西在他心里某处折腾。他瞅了瞅那个名叫蔓蒂的女服务员，她围着新的白围裙，康健地站着，非常受人待见。他凝望着她的双手，健康、文雅、熟练的双手，在做她身为服务员的分内之事。

"尝尝这种 T 字骨牛排和油煎土豆丁吧，"旅行推销员提议，"他们这儿有上等的 T 字骨牛排。"

"你想试试吗，亲爱的?"斯克里普斯问他妻子。

"我只要一碗薄脆饼加牛奶就好，"斯克里普斯太太说，"你想要什么就自己点吧，亲爱的。"

"你要的薄脆饼加牛奶来了，黛安娜。"蔓蒂说，将它摆放在柜台上，"您要 T 字骨牛排①吗，先生？"

"好吧。"斯克里普斯说，他的心跳又加速了。

"煎得熟一点还是生一点？"

"生一点，谢谢。"

女服务员转身冲小窗里叫："单人茶。往生里去！"

"谢谢你。"斯克里普斯说。他注视着女服务员蔓蒂。这个姑娘她有种天分，讲起话来惟妙惟肖，当初正是这种惟妙惟肖的说话特点使他属意他现在的妻子。这一点加上她那离奇古怪的身世。英格兰，那湖泊地区，斯克里普斯陪华兹华斯走遍整个湖泊地区。那里有一大片金光闪耀的水仙，轻柔的风儿吹在温德米尔湖上②。远方，也许有只公鹿陷入了窘境。啊，这是在遥远的北方，在苏格兰哪。他们是个能吃苦耐劳的民族，这些苏格兰人，隐藏在他们的山间要塞里。哈里·劳德和他的风笛③。苏格兰高地兵团参加了大战。为何他，斯克里普斯，却没能参于其中？这正是瑜伽·约翰逊那家伙比他强的地方。本来大战对他具有深远影响，他为什么没能参加呢？为什么这场大战的消息他没及时收到呢？或许当时他的年龄太大了吧。可是看看法国的那位老将军霞飞，他肯定比这位老将军年轻吧。福煦将军④在乞求胜利。法国部队整齐地排列着跪在贵妇路⑤上，祈祷胜利的到来。德国人

---

① T 字骨牛排较厚，一般男人喜欢煎得嫩一点，以切开了里面带点血为贵。

② 华兹华斯在抒情诗《我独自游荡，像一朵孤云》的第一节中写到突然见到一大片金灿灿的水仙时的欢愉。他的诗中经常描写美丽的温德米尔湖。

③ 苏格兰歌唱家哈里·劳德（1870—1930）演唱民歌及自创歌曲，常穿苏格兰短裙上台表演。1900 年在伦敦首演，大获成功。第一次世界大战期间，赴法劳军演出，1919 年被封为爵士。

④ 法国将军福煦（1851—1929）于 1917 年 5 月担任协约国军总司令，发动两次攻势，沉重打击德军，于 8 月晋升元帅。

⑤ 贵妇路长约 12 英里，位于法国东北部苏瓦松城西北，在埃纳河北一道高山梁上，原本是 18 世纪的一条大车通道。第一次世界大战初的 1914 年 9 月被德军攻占，后两易其主，终于在 1918 年 10 月最后大反攻中被协约国抢回。

碎碎念"上帝与我们同在"。多么拙劣的模仿啊，他肯定没那位法国将军福煦的年龄大吧。他沉思着。

女服务员蔓蒂把他点的 T 字骨牛排加油煎土豆丁放在他面前的柜台上。就在她放下盘子的时候，有那么一瞬，她的一只手蹭到他的手。斯克里普斯感到心里一阵莫名的心慌。生活在他面前展开，他还没老。为什么现在没有战争呢？也许还是有的。人们在中国打仗，中国人在自相残杀。为了什么？斯克里普斯很迷惑，这到底是怎么回事？

蔓蒂，这位胸脯丰满的女服务员身体向前倾。"听着，"她说，"我有对你说过亨利·詹姆斯的临终遗言吗？"

"说实话，亲爱的蔓蒂，"斯克里普斯太太说，"那件事你已经说了很多回了。"

"那就再听一回吧，"斯克里普斯说，"我对亨利·詹姆斯很好奇。"亨利·詹姆斯，亨利·詹姆斯，这家伙离开家乡去英国跟英国人一起生活①。他这么做是为了什么？什么原因让他抛弃美国？他的故乡难道不是这里吗？他的哥哥威廉②、波士顿、实用主义、哈佛大学、鞋子上有着银鞋扣的老约翰·哈佛③、查利·勃力克莱、埃迪·马汉，现在他们都在哪里？

"说起来，"蔓蒂开始说，"亨利·詹姆斯将死之时在病床上加入英国国籍。而此时，英国国王一听说此事，马上就派人送去

---

① 美国作家亨利·詹姆斯（1843—1916）创作的大部分国际题材的小说都刻画了新旧大陆的对比，写淳朴的美国人在欧洲的遭遇，但却仰慕英法的文化氛围，并于 1875 年移居巴黎，第二年移居伦敦，最终于 1915 年加入英国国籍。

② 威廉·詹姆斯（1842—1910）是心理学家、哲学家，实用主义创始人之一，先后在哈佛大学攻读并任教。

③ 约翰·哈佛（1607—1638）获得剑桥大学的硕士学位后和新婚妻子一起去新英格兰，任助理牧师。继承了巨额遗产，患肺病去世后，把一半财产捐赠一家新建的学校。这所学校 1636 年改名剑桥，1639 年马萨诸塞州议会决定命名为哈佛学院，即现在的哈佛大学前身。

他能授予的最高级奖章——功绩勋章。"

"O. M.①" 斯克里普斯太太解释。

"就是这个," 蔓蒂说，"戈斯和圣茨伯里②，这两名教授一起陪同那个人把勋章送去。亨利·詹姆斯躺在他的病床上，双眼闭合。床边小桌上点着一支蜡烛。护士允许他们走到床边，他们就把勋章挂在詹姆斯的脖子上，那勋章垂下来盖在亨利·詹姆斯胸前的被单上。戈斯和圣茨伯里两位教授倾身向前，抚平勋章的绶带。亨利·詹姆斯的眼睛一直没有睁开过。后来护士让他们离开，他们就退出了病房。等他们全离开后，亨利·詹姆斯对护士说话了。他的眼睛没有睁开。'护士，' 亨利·詹姆斯说，'熄灭蜡烛，护士，我不想你看到我脸红的样子。' 这是他在世上说的最后一句话。"

"詹姆斯是位好作家。" 斯克里普斯·奥尼尔说。说来也怪，这件事对他的触动很大。

"你每次讲的都不一样，亲爱的。" 斯克里普斯太太对蔓蒂说。蔓蒂的眼睛里闪着泪花。"我很崇拜亨利·詹姆斯。" 她说。

"詹姆斯怎么了?" 那旅行推销员问，"莫非在他看来，美国不够好吗?"

斯克里普斯·奥尼尔在揣摩着蔓蒂这个女服务员。她的身世一定不凡，这姑娘! 知道那么多奇妙的事! 如果得到这种女子的帮助，肯定能成就大事! 他轻抚着蹲在面前柜台上的那只小鸟，鸟儿啄啄他的手指。这小鸟是只鹰吧? 是只猎鹰，可能吧，来自

---

① O. M. 功绩勋章（Order of Merit）的简称。
② 埃德蒙·戈斯（1849—1928）是英国文学史家，曾翻译易卜生等欧洲大陆作家的作品，与亨利·詹姆斯、哈代、萧伯纳等是好朋友。乔治·圣茨伯里（1845—1933）是英国文学史家、评论家、教授。

密歇根州某一家大猎鹰养殖场。它也许是只红襟鸟吧，一大早在某地的绿草坪上跳跃着找虫子来着。他思索着。

"你这鸟儿有名字吗?"旅行推销员问。

"还没呢。你觉得叫它什么好呢?"

"埃里尔，怎么样?"蔓蒂问。

"不然叫普克。"斯克里普斯太太插嘴说。

"什么意思?"旅行推销员问。

"是莎士比亚作品中的角色名字①。"蔓蒂解释。

"哦，放过这只鸟儿吧。"

"那你认为叫它什么?"斯克里普斯转身问旅行推销员。

"他该不会是鹦鹉吧，是吗?"旅行推销员问，"如果是鹦鹉的话，就叫它波莉吧。"

"波莉是《乞丐的歌剧》中的一个角色②。"蔓蒂解释道。

斯克里普斯思索着，也许这鸟儿真是鹦鹉。走失前他住在某位老小姐舒适的家中。那是某位新英格兰老处女的未开垦的处女地啊。

"还是等你知道它是什么鸟儿再说吧"，旅行推销员提议，"你有充足的时间给它取名啊。"

这个旅行推销员很有办法。他，斯克里普斯，可是连这鸟儿的性别都不知道。它到底是只雄鸟还是雌鸟呢?

"等着看它下不下蛋就知道了。"旅行推销员提出他的方法。

---

① 埃里尔是《暴风雨》中描写的一个精灵。普克为《仲夏夜之梦》中的一个顽皮小妖，爱搞恶作剧。

② 《乞丐的歌剧》是英国诗人兼剧作家约翰·盖依（1685—1732）的代表作，德国作曲家约翰·佩普什（1667—1752）为其配乐并作序曲，1728 年首演时获得成功。该剧写小偷和拦路强盗的活动，反映社会道德沦丧，并讽刺首相沃波尔及其辉格党政府。波莉是剧中的女主角。盖伊后写续集《波莉》，仍由佩普什谱曲，刚开始遭禁演，最终于 1777 年首演，那时两人早已去世了。"波莉"一词是英语中鹦鹉的通称。

斯克里普斯紧紧盯着这个旅行推销员的眼睛，这家伙把我想的说出来啦。

"你见多识广，旅行推销员。"他说。

"话说回来，"旅行推销员虚心地承认，"这些年来我可不是白跑的啊。"

"你这话说得对极了，伙计。"斯克里普斯说。

"你这鸟儿很好，老兄，"旅行推销员说，"你想要把这只鸟儿养好吧。"

这一点斯克里普斯是知道的。唉，这些个旅行推销员真是见多识广。在我们这疆域辽阔的美国国土上东奔西走，这些个旅行推销员观察力好得惊人，他们可不是傻瓜。

"听着，"旅行推销员说，他往后推一下压在前额上的圆顶呢帽，弯腰向前，往他的圆凳边的黄铜高痰盂里吐一口唾沫，"我给你们讲一段有天在湾城①碰到的十分美好的艳遇吧。"

蔓蒂，那名女服务员，身体向前倾。斯克里普斯太太也向这位旅行推销员那边靠了靠，想听得更清楚些。旅行推销员抱歉地看看斯克里普斯，用食指摸摸那鸟儿。

"改天再跟你说吧，老兄。"他说，斯克里普斯了解。厨房里，通过店堂墙上的小窗，传出一阵音调很高、悠扬动听的笑声。斯克里普斯细听，这会不会是那个黑人的笑声呢？他思索着。

---

① 湾城是密歇根州下半岛东部的港口城市。

第九章

每天早上，斯克里普斯都会悠闲自在地去水泵制造厂工作。斯克里普斯太太通过窗口往外望，目送他顺着大街向前走去。如今没有时间看《卫报》了，没什么时间关注有关英国政局的消息了，没什么时间去担忧大洋彼岸的法国的内阁危机了。法国是个特别的民族。圣女贞德。伊娃·勒加利纳①。克列孟梭。乔治·卡庞捷。萨却·吉特里。伊凤·普兰当②。格洛克。弗拉泰利尼家族。吉尔勃特·塞尔台斯。《日晷》。《日晷》奖。玛丽安·穆尔③。爱·埃·肯明斯。《偌大的房间》。《浮华世界》。弗兰克·克朗宁希尔德。这一切是怎么回事？要把她带到哪里啊？

现在她有丈夫啦，一个只属于她的男人，是她一个人的。她留得住他吗？能让他一直属于自己吗？她考虑着。

斯克里普斯太太，以前是个女服务员，现在是斯克里普斯·奥尼尔的妻子，他在水泵制造厂里有份体面的工作。黛安娜·斯克里普斯，黛安娜是她自己的名字，以前也是她母亲的名

---

① 伊娃·勒加利纳是1899年在伦敦出生的美国演员，1915年在纽约开始登台，成为百老汇红星，1926年自组剧团，演出莫里哀、易卜生等欧洲作家的名剧。

② 克列孟梭（1841—1929）于1917年受命组织战时内阁，德国投降后，于1919—1920年任巴黎和会主席，为法国收回了阿尔萨斯和洛林，被授予"胜利之父"称号。乔治·卡庞捷（1894—1975）曾是拳击运动世界重量级冠军获得者，被法国人视为民族英雄。萨却·吉特里（1885—1957）为多产剧作家，多部作品被搬上银幕，并自己出任导演。伊凤·普兰当（1895—1977）于1908年开始在巴黎登台演出歌舞节目，1916年加入吉特里的剧团，三年后二人结婚，经常在剧中出演男女主角。

③ 吉尔勃特·塞尔台斯（1893—1970）第一次世界大战中去欧洲担任战地记者，战后回美成为剧评家，于1920—1923年任《日晷》编辑。玛丽安·穆尔（1887—1972）是美国女诗人，于1925年到1929年任《日晷》编辑。

字。黛安娜·斯克里普斯看着镜子，心想不知道能不能和他相伴永远。这一点开始成问题了，他与蔓蒂怎么认识的呢？她有勇气让他一个人去那家餐厅吃饭吗？她不能再陪他去了。他会一个人去的，这一点她很明白。管中窥豹是没有用的，他会一个人前去，而且会跟蔓蒂交谈。黛安娜照着镜子，她能和他相伴永远吗？她能和他白头偕老吗？这个想法从此如附骨之疽甩不掉了。

每天晚上在那家餐厅，她现在不能称它为小饭馆了——想到这里她就觉得嗓子被一团东西堵住了，使她觉得喉头僵硬、呼吸困难。现在每天晚上在那家餐厅，斯克里普斯跟蔓蒂交谈。这姑娘在用尽全力抢走他。他，她的斯克里普斯。被人用尽办法抢夺，把他抢走。她，黛安娜，能把他留在身边吗？

她简直是个娼妇，这个蔓蒂。怎么可以这样呢？怎么能干这种事呢？去勾引有妇之夫？强行抢夺？让一个家庭破裂？而且仅凭这些没完没了的文坛旧事，这些滔滔不绝的奇闻逸事。斯克里普斯被蔓蒂迷住了，黛安娜心里承认了这一点。不过她还有留住他的机会，这件事是现在相当重要的了。要留下他，要留下他，不能让他离开。要把他留下来，她照着镜子。

黛安娜订阅《论坛》①，黛安娜看《导师》，黛安娜看《斯克里布纳氏杂志》上威廉·里昂·费尔普斯②的著作。黛安娜顺着这静谧的北方城市的冰封的街道向公共图书馆走去，去看《文摘》③的"书评栏"。黛安娜等邮递员送来《书人》。黛安娜，在

---

① 《论坛》月刊创刊于1886年，1902—1908年改为季刊，1925年起也刊登文学作品，H. G.李区于1923年任主编后，刊载涉及美国内政和国际热点的论战文章。
② 费尔普斯（1865—1943）长期担任耶鲁大学英国文学教授，在《斯克里布纳氏杂志》上开辟《就我所好》专栏，评介人文学科作品。
③ 《文摘》周刊于1890年创刊，20世纪20年代每期有近两百万份的销量。1938年被《时代》周刊所兼并。

雪地里，等邮差送来《星期六文学评论》①。黛安娜，没戴帽子，站在越发大的风雪中，等邮差给她送来《纽约时报》的"文学版"。这样做有用吗？这样做了就可以留住他吗？

刚开始确实有效。黛安娜背下了约翰·法勒②写的社论。斯克里普斯面带微笑。此刻他的眼睛里闪现着早先的光芒，但很快就消失了。她使用错了词语、她对一个短语的理解错误、她的看法存在某种不同，使一切听起来显得华而不实。她一定要保持执着，她不会被击倒。他是她的男人，她要留下他。她把看向窗外的目光收回，把桌上那份杂志的包装打开。那是《哈珀斯氏杂志》，改版后的《哈珀斯氏杂志》③，改版后的焕然一新的《哈珀斯氏杂志》。也许这会有用，她考虑着。

---

① 《书人》月刊（1895—1933）及《星期六文学评论》周刊（1924年创办）都是当时有影响力的书评期刊。

② 约翰·法勒，1896年出生，当时担任《书人》编辑，后与人合伙办出版社。

③ 《哈珀斯氏杂志》1850年由詹姆斯·哈珀（1795—1869）和约翰两兄弟创办的出版公司创刊，长期刊登英美作家的作品，大获成功。1900年以来，也刊登涉及当代政治社会问题的论文，并刊登著名哲学家的文章。20世纪20年代中期改版。

第十章

　　春天就要来临了，空气中能感到丝丝暖意了（就是本书第二页上开始时的那天）。奇努克风呼呼地刮着，工人们正从厂里出来往家走。斯克里普斯的那只鸟儿在笼中啼叫，声音悦耳。黛安娜从敞开的窗口向外望去，希望在大街上看到她的斯克里普斯回来。她可以留下他吗？她可以留下他吗？如果她失去他，她可以留住他的鸟儿吗？她最近总觉得会失去他。每天晚上，这段时间，她一接触斯克里普斯的身体，他就转过身，不再面对着她。这是一点征兆，但生活就是由一点点征兆所组成的。她觉得会失去他。此刻她注视着窗外，有一份《世纪杂志》不知不觉从她手中掉下。《世纪》换了个编辑，增加了木刻插画。格伦·弗兰克去某地的一所名牌大学当头头了，那份杂志的编辑部又添了几位姓范多伦的①。

　　黛安娜心想这样做也许有点用。值得庆幸的是，整个早晨她都在看那份《世纪》。后来，那暖洋洋的奇努克风刮了起来，她知道斯克里普斯快回来了。沿着大街走来的男人越发多了，斯克里普斯在其中吗？戴上眼镜会看得清楚些，她却不想戴，她希望斯克里普斯看到的是她最漂亮的模样。随着她感觉他的气息越来越近，她之前对《世纪》寄托的信心逐渐减弱。她以

---

　　① 《世纪杂志》于1881年创刊，刚开始叫《世纪插图月刊杂志》，连年发表《林肯传》、长篇小说连载以及大量受人欢迎的短篇小说，哥哥卡尔（1885—1950）于1922—1925年担任《世纪》文学编辑，曾发表大量评论专著；弟弟马克（1894—1972）当时任《民族》周刊文学编辑，除作家评论专著，还发表了很多小说及诗集。本章中《世纪》即《世纪杂志》。

前非常希望这么做能获得一些能留住他的东西，她现在没信心了。

斯克里普斯跟一大群热血沸腾的工人从大街上走来，他们被春色所挑逗。斯克里普斯挥舞着他的手提饭盒和工人们挥手告别，他们接连从一家曾是酒馆的地方走过。斯克里普斯并没有抬头看窗子。斯克里普斯往楼梯走去。斯克里普斯的脚步声近了。斯克里普斯的脚步声近了。斯克里普斯进门了。

"下午好，亲爱的斯克里普斯，"她说，"我刚刚看了一篇鲁丝·苏科①写的短篇。"

"你好，黛安娜。"斯克里普斯回道。他放下手提饭盒。她看上去形容憔悴而显老，他大可对她体谅一点。

"短篇写了什么，黛安娜？"他问。

"主角是依阿华州的一个小姑娘。"黛安娜说，她走向他，"写的是乡下人的事，让我有些缅怀我那湖泊地区的家乡。"

"是吗？"斯克里普斯问。水泵制造厂的工作使他或多或少变得冷淡了。他连讲话都变得直来直去，言谈和这些冷漠的北方工人越来越像了，但他的想法依然坚定。

"需要我读给你听吗？"黛安娜问，"上面的木刻插画很好看呢。"

"去那小饭馆怎么样？"斯克里普斯说。

"听你的，亲爱的。"黛安娜说，接着她声音一变，"真盼望——唉，真盼望你从未去过那里！"她拭去眼泪。斯克里普斯竟然没有发现她流泪。"我把鸟儿带上吧，亲爱的，"黛安娜说，

---

① 美国女作家鲁丝·苏科（1892—1960）主要写描述德国移民在艾奥瓦州落户的奋斗史的长短篇小说，主人公往往是小姑娘。

"它今天没出去过。"

他们一起沿着大街走向那小饭馆。他们现在并不挽着对方的手前行了，他们走路时就像所谓的老夫老妻一样。斯克里普斯太太提着鸟笼，鸟儿在暖风中觉得惬意。男人们跌跌撞撞地走着，沉醉在这美好的春色里了，好多人经过他们身边时。便会和斯克里普斯交谈，现在他在这座城里名气很大，受人尊敬。有几个人一路蹒跚地走过，抬抬帽子对斯克里普斯太太致礼，她神色麻木地回礼。要是我能把他留在身边就好了，她这么想着。要是我能留住他就好了。他们在半融化的积雪中沿着这北方城市狭窄的人行道一路走着，有什么想法在她的脑海里活跃起来。也许正是两人并肩前进的节奏吧。我会失去他。我会失去他。我会失去他。

他们过马路时，斯克里普斯拉住她的一条胳膊。他的手一碰上她的胳膊，黛安娜就知道一定会是这样。她肯定会失去他。街头，一群印第安人走过他们身边。他们是在讥笑她，还是在讲什么部落的笑话呢？黛安娜做不出判断。她只觉得自己的脑海里在打着节拍。我会失去他。我会失去他。

作者注：

给读者看的又不是给印刷商看的，跟印刷商又有什么关系呢？印刷商是什么人呢？谷登堡。谷登堡圣经①，卡克斯顿②，十二点光字面卡斯隆活字③，整行铸排机。作者小时候曾被打发去

---

① 德国金匠约翰·谷登堡（1398—1468）发明了用活字与机械来印制书籍的方法，于1455年左右在美因兹印制发行拉丁文《圣经》，每页42行，故又名"42行圣经"，是最早的活字印刷品。

② 威廉·卡克斯顿（约1422—1491）1476年在德国专研印刷术，后回英国创办印刷所，出版并翻译了许多书刊。

③ 英国铸活字工人威廉·卡斯隆（1692—1766）于1720—1726年设计了一套活字，后来以其姓氏命名。他创办了一家完备的铸活字厂。"点"为计量活字宽度的单位，等于1/72英寸。

找活字虱子①，作者年轻时曾被诱哄去找印版的钥匙。啊，他们是知道这些伎俩的，这些印刷商。

可能读者开始不理解了，我们现在已回到了本书的开头，瑜伽·约翰逊和斯克里普斯·奥尼尔正在水泵制造厂里，外面刮着奇努克风。你们清楚，此刻斯克里普斯从水泵制造厂下班，正和他妻子一起去那小饭馆，而她担心自己会失去他。对我来说，我并不认为她有留下他的能力，但是读者有自己的判断力。我们现在暂且不谈这对夫妇，回顾一下瑜伽·约翰逊。我们希望读者喜欢上瑜伽·约翰逊。这故事从现在起要加快进度了，免得哪位读者觉得厌倦。我们还会试着插入一些绝妙的奇闻逸事。如果我们告诉读者这些奇闻逸事中最精彩的是来自福特·马多克斯·福特②，算不算违背保守秘密的诺言呢？我们应该感谢他，我们希望读者也这么做。无论怎样，我们接着说瑜伽·约翰逊了。瑜伽·约翰逊，读者应该还有印象，就是那个参加过大战的伙计。开头时，他刚从水泵制造厂中走出来。

用倒叙的方法写作，十分困难，因此作者希望读者能明白这一点，不会对这段简短的解释感到厌烦。我知道自己会很喜欢拜读读者写的东西，并且希望读者也能这么认为。如果哪位读者希望我对他写下的东西进行指点的话，我每天下午都会去圆顶咖啡馆③，跟哈罗德·斯特恩斯和辛克莱·刘易斯④谈论文学，读者可

---

① 这是捉弄新工人的伎俩：把排好的活字板浸泡了水，叫人找有没有虱子，趁他凑近仔细寻找时，再挤出污水，溅在他脸上。

② 英国作家福特·马多克斯·福特（1873—1939）于1908年创办《英语评论》杂志，探讨小说创作。在第一次世界大战中负伤，于1915年发表杰作《好兵》。战后去巴黎主编《泛大西洋评论》（1924），刊登乔伊斯和海明威等的作品。

③ 巴黎的拉丁区，塞纳河左岸文人艺术家荟萃之地。

④ 哈罗德·斯特恩斯（1891—1943）当时流放到巴黎，在1921年发表的《美国和青年知识分子》中，代表战后的年青一代发表反对当代文明的宣言。辛克莱·刘易斯（1885—1951）于20世纪20年代初陆续发表《大街》《巴比特》《阿罗斯密斯》等名作。

以把自己写的东西带来，或者通过我存款的银行寄给我，如果我有存款银行的话。好了，如果读者做好准备了——要清楚，我并不想催促读者——我们回过头讲瑜伽·约翰逊吧。但请记住，当我们回头讲瑜伽·约翰逊时，斯克里普斯·奥尼尔正和他妻子一起走向那小饭馆。他们在那边会发生什么故事，我可不知道。我只希望读者能帮帮我。

第三篇　处于战争中的男人们以及社会的消亡

　　同样可以指出的是，做作并非意味着彻底否定那些做作的特性。所以话说回来，碰到这是出于伪善时，它就几乎近似于欺骗了；但如果只因为虚荣心，它就带有炫耀的性质：例如，爱慕虚荣的人做作地装出慷慨大方的样子，和贪得无厌的人同样做作的表现是截然不同的。因为尽管爱慕虚荣者和他存心装出的那副样子并不协调，换句话说，并不具备他假装出来的那种美德，达不到让人家认为他具备的程度，但倒是比较适合他，并不像对贪得无厌者那么别扭，而这个贪得无厌者却正是和他存心要表现出来的那副样子截然相反的。

　　　　　　　　　　　　　　　　——（英）亨利·菲尔丁

第十一章

　　水泵制造厂有一扇专供工人进出的门，瑜伽·约翰逊从那里出来，顺着大街走去。空气中带着暖意。冬雪融化，雪水在阴沟里流动。瑜伽·约翰逊走在街道中央，脚下的积雪还未完全融化。他拐个弯向左走去，从桥上跨过熊河。河面上的冰早已化了，他注视着棕色的流水打着漩涡。下面，河道两岸，柳树丛中绽放出嫩绿的新芽。

　　这是正宗的奇努克风，瑜伽想。那工头的决定是正确的。这种日子把工人们留在厂里是危险的，什么祸事都可能发生。这厂子的主人多少还知道事情的严重性。奇努克风一来，就让大家离开工厂。这样，即便有人受伤的话，他也不用负任何责任了。他不会触犯雇主责任条例。他们多少知道轻重，这些大水泵制造商。他们很聪明，没错。

　　瑜伽很忧虑。他心情沉重。春天来了，这是千真万确的，他对女人没有欲望。这事让他近来一直很不安。这事毋庸置疑，他对女人没一点兴趣。他不清楚原因。他有天晚上去公共图书馆，想找一本书。他瞄了眼那位图书管理员，他对她没有兴趣。不知为什么，她在他心里没有引起一点涟漪。在他用餐的那家饭店里，他紧盯过那名给他端饭菜来的女服务员，他也不想要她。一群女中学生从他旁边经过，他把她们都仔细打量过，可是没有一个是他想要的。可以肯定，他生病了。他的精神要崩溃了吗？末日来临了吗？

　　罢了，瑜伽心想，可能以后不需要女人了，尽管我不是我想要的，可是我仍然保留着对马儿的爱好。他正在爬熊河边上那座陡峭的小山，山路一直通往夏勒瓦①的大路。这条山路其实并不是很陡，但是瑜伽认为它很陡，两条腿像灌了铅似的很是沉重，也许是因为春天来了。在他面前有一家粮食饲料店，一组漂亮的拉车的马儿在店门口拴着。瑜伽向它们走去，他想摸摸它们。他需要一些东西让自己的心情平静下来。他走上前去，离他最近的那匹马盯着他看。瑜伽把手伸进兜里想去掏一块方糖，可他没有方糖。马儿竖起的耳朵向后倒，向他龇了龇牙。另一匹马儿猛地把头扭过去。难道这就是马儿回报他的爱的方式吗？可能这些马儿生病了吧。可能它们患有鼻疽或者跗节肉肿，可能有什么东西嵌进了马蹄柔软的蹄楔中，也许它们是相好。

瑜伽继续爬山，朝左拐是通往夏勒瓦的大路。他走过佩托斯基郊区的一些房屋，走上宽广的大路。他的右手边是一片田野，一直延伸到小特拉弗斯湾②。湛蓝的湾水向外扩张，流入辽阔的密歇根湖。湾对面，港泉城③后面的山坡上长着松树。再过去，远离你视线的地方，是十字村，那是印第安人的聚居地。从那里再往北，就是麦基诺海峡和圣伊格纳斯④，瑜伽·约翰逊和水泵制造厂中的工友奥斯卡·加德纳在这座城市里有过一次美妙的艳遇。再过去就是苏⑤，分别隶属加拿大和美国。佩托斯基那群放荡不羁的家伙有时去那边喝啤酒，那时的他们多开心啊。在很远的地方，往另一个方向，密歇根湖的南部是芝加哥，斯克里普

---

① 夏勒瓦是濒临密歇根湖的旅游城市，在佩托斯基西面。
② 夏勒瓦就位于小特拉弗斯湾口之南。
③ 港泉城在小特拉弗斯湾北面。
④ 麦基诺海峡地处密歇根州上、下半岛之间，东西连接密歇根湖和休伦湖。圣伊格纳斯就在麦基诺海峡的北面，和下半岛长8公里的麦基诺桥相通，1881年通了跨海峡铁路。
⑤ 苏为苏圣玛丽城的简称，在上半岛的东北部，与加拿大的同名姐妹城市隔河相望，连通了公路及铁路桥。

斯·奥尼尔在他那第一次婚姻宣告结束时想去的地方。在那附近
是印第安纳州的加里，那里有不少大炼钢厂。附近还有印第安纳
州的哈蒙德、密歇根城。再过去就是印第安纳波利斯了，布思·
塔金顿①就住在那里。他得到的资料有误，这个家伙。再往南应
该是俄亥俄州的辛辛那提，从那儿过去是密西西比州的维克斯
堡，再过去是得克萨斯州的韦科。啊！我们这个疆域辽阔的美
国啊！

　　瑜伽跨过大路，在一堆原木上坐下，不管怎样，大战结束
了，他还活着。

　　前一天晚上那图书管理员给他一部安德森写的书②，那里面
有个角色。到底是什么让他对那管理员不感兴趣呢？是因为他觉
得她那口牙是假的吗？或者是因为其他原因？会不会有个小孩子
去跟她说呢？他不确定，这又与他有什么关系？

　　那个安德森作品中的角色，也当过兵。他在战场上待了两
年，安德森写道。他名字是什么呢？弗雷德什么的③。这个弗雷
德头脑里有些想法在跳跃——是可怕的感觉。一天晚上，在战争
时期，他外出游行——不，是巡逻——在真空地带，在黑暗中
见到有个人一路东倒西歪地走着，就朝他开了枪。那人倒在地
上死了。这是弗雷德唯一的一次故意杀人。在战争中你不会杀
太多人的，那本书上是这么写的。真要命，为什么不会呢？瑜
伽想，如果你也在前线当过两年步兵的话。人们命如草芥，他

　　① 布思·塔金顿（1869—1946）主要以中西部为背景创作小说，其中《安倍逊大族》
（1918）和《爱丽丝·亚当斯》（1921）先后获普利策奖。
　　② 美国作家舍伍德·安德森（1876—1941）于1919年发表《小城畸人》后达到创作事业
的巅峰，于1921年去巴黎，和海明威同是斯泰因文艺沙龙的座上客。这里提到的那本书指他于
1925年发表的《黑色的笑声》，是海明威写《春潮》的模仿嘲笑对象。
　　③ 弗雷德·格雷是《黑色的笑声》中的主要人物，参军时在巴黎结识了一位姑娘并与之结
婚，回美国中西部任工厂主。芝加哥记者斯托克顿突然离开妻子，回到家乡，进该厂做工，改名
布鲁斯，竟和弗雷德的妻子生了个孩子，然后私奔，使弗雷德感到困惑。

们的确如此，瑜伽想。安德森认为对弗雷德来说那次杀人，简直是举止失常的行为。他本可以和跟他一起的士兵们将那家伙包围逼他投降的，他们的神经绷得太紧了。这次意外之后，他们集体当了逃兵。他们到底逃去哪儿了呢？瑜伽很想知道，巴黎吗？

后来，这件枪杀事故成了弗雷德的心结。这本就是理所当然的事，士兵们都这么认为的，安德森写道。天，怎么会是这样？听说这个弗雷德可是在前线待过两年呢。

两个印第安人从路上走来，彼此咕哝着。瑜伽冲他们打招呼，那两个人走过来。

"白人大酋长有口嚼烟草吗？"一个印第安人问。

"白人酋长带酒了吗？"另一个印第安人问。

瑜伽把两包盖世无双牌烟草和那只他随身携带的扁酒瓶递给他们。

"白人酋长囤积很多药品。"印第安人咕哝道。

"听着，"瑜伽·约翰逊说，"我来给你们讲一些关于大战的事儿。这个话题让我有很深的感触。"印第安人坐在原木堆上。其中一个印第安人指指天空，说："大神马尼托①在高空中。"

另一个印第安人冲瑜伽眨了眨眼，咕哝道："白人酋长不会相信你那无聊的话的。"

"听着。"瑜伽·约翰逊说。于是他给他们讲和大战有关的事儿。

对他来说大战并不是人们以为的那样，瑜伽告诉这两个印第安人。对他来说大战就像是足球，美式足球，大学里玩的那种，

---

① 大神马尼托是北美阿尔冈昆族印第安人崇拜的具有超自然力的神中的主神。

卡莱尔印第安学校①。两个印第安人点了点头，他们曾就读于卡莱尔那家学校。

瑜伽以前是美式足球队的中锋，而大战跟这个几乎没有差别，令人很苦恼。玩美式足球拿到球的时候，就把上半身向下弯，分开双腿，把球按在身子前面的地上；你要认真听信号，明白它，然后恰当地把球传出去。你必须一直心神专注。你把球握在手里的时候，对方的中锋就在你的面前站着，当你传球时，他抬起一只手啪地就朝你的脸打来，另一只手一把抓住你下巴的下面或者插进你的胳肢窝，用力把你往前拉，或者向后推，以形成一个方便他穿过去的缺口，打乱阵形。你该拼命地往前冲，用身躯硬把他撞出守卫的防线，使两人双双倒地。与他相比你并不占上风，你可做不到把这玩意儿说成是乐事。球在你手里的时候，优势全在他那边。唯一的好消息是等球在他手里的时候，你就可以对他恣意妄为了。这样一来便扯平了，而且有时候还会产生一种宽容的心情。美式足球和战争一样，会让人很苦恼。等你变得铁石心肠了，会觉得欢呼雀跃和刺激，而最艰难的是必须记住种种信号。瑜伽想的是战争，而不是陆军部队，他指的是战斗。陆军部队与战争可不是一回事。你可以随着它与世浮沉，不然，与它相抗，然后被它摧毁。陆军部队是荒唐的东西，战争与它可不一样。

瑜伽没有对被他杀死的那些人耿耿于怀。他知道以前杀过五个人，或许更多。他不相信你会耿耿于怀那些被你杀过的人。如果你在战场上待过两年就不会这样，他认识的很多人在杀第一个

① 卡莱尔为宾夕法尼亚州南部坎伯兰县首府，那家印第安学校培养出很多优秀的美式足球即橄榄球运动员，于1918年关闭。

人时情绪都非常激烈。如何不让他们杀得太多很麻烦的事。如何把俘虏送到那些鉴定俘虏的人那儿也很困难。你派一个人把两名俘虏送回去，或者派两个人把四名俘虏送回去吧，会有什么结果？他们回来了，说俘虏们在穿火力网时被流弹击中了。他们总是用刺刀碰一下俘虏裤子的后裆，等俘虏一跳就说："你想逃跑，你这浑蛋。"就一枪打向他的后脑勺。他们喜欢一枪致命。再说，他们可不想穿过那要命的火力网回去。一点儿也不想。这是他们从澳洲兵那儿学会的。说穿了，这些德国兵算什么呀？一帮该死的德国佬而已。"德国佬"这个词儿现在听来很可笑。这一套理所当然的事儿。如果你也在战场待了两年的话，就不会这么想了。最后他们会软下心肠。对过分的行为深表歉意，担心自己也被打死，于是开始干些积德的好事。不过这是从军的第四阶段，变得和善的阶段。

一个参加大战的优秀士兵的心路历程会经历四个阶段：刚开始，你很英勇，初生牛犊不怕虎，你觉得没有什么能使你死亡；后来你发现这是假的，你的内心会变得胆怯，不过如果你足够优秀的话，还能像过去那样尽职；再后来，等你负伤，却没死时，随着新兵到来，也重复你的那种心路历程，你的心肠会变得冷硬，成为一个冷血的优秀士兵；然后是第二次情绪失控，比第一次更严重，这时你才开始积德行善，做个跟菲利普·锡德尼爵士①一样的小伙子，在天堂囤积财富。同时，不用说，还一直像

---

① 菲利普·锡德尼（1554—1586）以诗歌闻名于世，但在英国文艺复兴时期是个全面发展的标准绅士，23岁时被女王伊丽莎白一世派去德国吊唁国丧，以英国特使的身份，后来先后创作牧歌短剧《五月女郎》、传奇故事《阿卡迪亚》、十四行诗组诗《爱星者和星星》、文学评论《诗辩》等，1583年被封为爵士，两年后任军需副大臣，在女王支持荷兰反对西班牙统治的战争中，曾出任弗拉辛城总督，指挥一支骑兵队，后在战争中负伤，不久去世，享年仅32岁。

以前那样尽忠职守，就像一场美式足球似的。

不过真要命，谁也没资格来写战争，除非他捕风捉影过一些事情。文学对人们思维的作用太大了。就拿美国作家薇拉·凯瑟①来说，她写了部战争小说，书的结尾部分全部取材于《一个国家的诞生》②里的情节，而整个美国的退伍军人给她写信，跟她说他们多么喜欢这本书。

一个印第安人睡着了。他噘着嘴巴，他刚才嚼过烟草。他靠在另一个印第安人的肩膀上。醒着的印第安人指了下睡着的印第安人，摇了摇头。

"哦，你觉得我这一大段话如何？"瑜伽问醒着的印第安人。

"白人酋长有很多先进思想，"印第安人说，"白人酋长受过很好的教育。"

"谢谢你。"瑜伽说。他感动了。就在这朴实的土著居民中，这些唯一的地道的美洲人中，他感受到了那种真正的交流。印第安人看着他，小心翼翼地扶着那睡着的印第安人，避免让他的脑袋磕在被雪覆盖的原木堆上。

"白人酋长参加过大战？"印第安人问。

"我于 1917 年 5 月在法国登陆。"瑜伽说。

"我看白人酋长讲话的样子就觉得你可能参加过大战，"印第安人说着，把那睡着的伙伴的头抬起来，让他的脸沐浴在夕阳的

---

① 薇拉·凯瑟（1873—1947）以讲述美国中西部大平原上拓荒者生活的小说著称，其代表作为《啊，拓荒者》（1913）和《我的安东尼亚》（1918）。在荣获普利策奖金的《我们中间的一员》（1922）中，年轻的主人公脱离中西部农庄的困人的生活，在去法国参加大战时恢复元气。

② 美国作家托马斯·狄克逊（1864—1946）根据自己于 1905 年发表的小说《三 K 党人》改编成电影剧本《一个国家的诞生》，戴·华·格里菲思（1875—1948）担任导演，以美国内战及战后的南方为背景，其种族主义思想受到谴责，但在摄制技术方面的革新至今被尊为默片中的经典。

余光中，"他呀，他获得了维多利亚十字勋章，我也荣获了优异服务勋章和带金杠的军功十字勋章①。我担任第四C. M. R.②的少校。"

"认识你真高兴。"瑜伽说。他觉得很羞愧。夜幕降临，只有密歇根湖面远处水天相接的地方还有一线残阳。瑜伽注视着这一线残阳变暗，变细，最终变成一道狭缝，消失了。太阳掉到湖面以下了。瑜伽从原木堆上站起身来，印第安人也站了起来，把他的伙伴弄醒，于是那个睡着了的印第安人站起身来，看着瑜伽·约翰逊。

"我们去佩托斯基参加救世军③。"那个比较清醒的印第安人说，他的个头很大。

"白人酋长也去。"那个个头较小、刚才睡着了的印第安人说。

"我同你们一起进城。"瑜伽回答说。这俩印第安人是什么人？他们对他有什么影响？

黑夜降临了，被雪水浸得泥泞的路面变得僵硬。又结冰了。说白了，或许离春天还远呢。也许他对女人没兴趣也不是什么大事。既然春天还没来，要不要女人倒不是问题了。他要和这两个印第安人一起进城，找个美丽的女人，试试看要不要和她一起。他转身拐上这条已经冰封的大路。那两个印第安人一直跟在他身边，三个人向同一个方向走去。

---

① 英国颁发的三种勋章。

② C. M. R 为加拿大步枪骑兵部队的首字母缩写。

③ 救世军为循道会牧师威廉·布斯（1829—1912）于1878年在伦敦东区的救济所的基础上建立的慈善组织，他采取部队的形式，自任最高司令，以团队为基层单位，吸收志愿者信徒参加。后迅速发展到英国各地，并成为国际基督教慈善组织，遍布80多个国家，国际总部设在伦敦。

第十二章

夜色中，三个人沿着大路往佩托斯基走去。他们一路沉默不语。他们的鞋子踩破了新结的冰层。有时候瑜伽·约翰逊踩破一层薄冰，陷进水潭，两个印第安人就躲避了过去。

他们下山时经过那家饲料店。从熊河上的那座桥跨过去，靴子踩在结冰的桥板上，响起空洞洞的声音，他们爬上小山，从拉姆齐医生家和那家家庭茶室经过，一直走到弹子房。在弹子房门口，两个印第安人停下来。

"白人酋长打弹子吗?"那个大个子印第安人问。

"不，"瑜伽·约翰逊说，"我的右臂残废了，大战时受的伤。"

"白人酋长真倒霉，"小个子印第安人说，"来一局对号落袋弹子戏①吧。"

"他的四肢在伊普尔②被打断了，"大个子印第安人悄悄地跟瑜伽说，"他很敏感。"

"好吧，"瑜伽·约翰逊说，"我打一局。"

他们走进那闷热的、弥漫着暖融融烟雾的弹子房。弄到了一张弹子台，把球杆从墙上取下来。那小个子印第安人伸手取下球杆时，瑜伽看到他装着两条假肢，都是用棕色皮革做的，扣在手

---

① 这是一种落袋弹子戏，赛前双方各抽一批号码，要把号码相同的弹子打落袋中才能得分。
② 伊普尔为比利时西部城市，第一次世界大战中在英军防守中因为地处防线的主要突出部分，全部被炮火所毁。战后按原来的风格重建。

拐上。在这平坦的绿呢台上，照着明亮的灯光，他们玩了起来。过了一个半小时，瑜伽·约翰逊发现他输给小个子印第安人四元三毛钱。

"你打得真好。"他对小个子印第安人说。

"我以前打得才好呢。"小个子印第安人回答。

"白人酋长想喝酒吗?"大个子印第安人问。

"你去哪儿喝啊?"瑜伽问，"我只能去希博伊根①喝。"

"白人酋长陪红人哥们儿去吧。"大个子印第安人说。

他们离开弹子台，把球杆放回墙上的搁架上，去柜台结了账，就离开弹子室走到夜色中。

一条条漆黑的街道上，人们悄悄回家了。霜冻开始了，所有东西都被冻得又冷又硬。那奇努克风终究不是正统的奇努克风。春天还没到来，空气中的寒气打断了那些人的纵酒寻欢，这寒气对他们证明奇努克风还未来。那名工头，瑜伽想，明天要倒霉了。也许这全是那帮水泵制造商的手段，为了名正言顺辞退这名工头。之前发生过这种事的。穿过黑夜，一小群一小群人静静地回家。

那两个印第安人跟着瑜伽走着，一边一个。他们拐上一条小巷，三个人停在一座有点儿类似马房的房子前。那就是一座马房。两个印第安人把门打开，瑜伽跟着他们进去。有架梯子连接着上面那层楼。里面很黑，大个子印第安人点亮一根火柴让瑜伽看清楚梯子。小个子印第安人先爬上去，登楼时两条假肢上的金属铰链嘎吱的响声。瑜伽跟着他爬上去，另一个印第

①　希博伊根位于佩托斯基东北，是靠近休伦湖的一座港口城市。当时正处于美国的禁酒时期（1920—1933），酿私酒者在非法经营的酒店中出售私酒，一般在较大的城市中才有。下文的那个由城市印第安人办的马房俱乐部为了保密，只接纳特定的顾客。

安人跟在瑜伽身后，点亮一根根火柴为瑜伽照路。小个子印第安人敲敲梯子靠墙的顶端的天花板，有人也应声敲了一下。听到回应后，小个子印第安人在他头顶的天花板上清脆地敲了三下。天花板上的活板门打开，他们就都从门里向那间点着灯的屋子爬去。

吧台在屋子的一个角落里，前面有道黄铜横杆，放着几只高高的痰盂，一面大镜子挂在吧台后面。一些安乐椅随意摆放着，还有一张弹子台。一排杂志用木杆报夹夹着挂在墙上。一幅裱了镜框的亨利·华德华斯·朗费罗①的亲笔签名画像挂在墙上，框上围着美国国旗。安乐椅上有几个印第安人坐着看书，还有一小群人站在吧台前。

"这个小俱乐部挺好，对吧？"有个印第安人走上前来说，跟瑜伽握手，"我几乎每天都会在水泵制造厂见到你。"

他是在瑜伽附近一台机器前工作的工人，另一个印第安人走过来，和瑜伽握手，他也在水泵制造厂工作。

"太倒霉了，这阵奇努克风。"他说。

"是啊，"瑜伽说，"虚惊一场而已。"

"过来喝一杯吧。"第一个印第安人说。

"我和别人一起来的。"瑜伽回答，这些印第安人到底是怎样的人呢？

"带他们一起来吧，"第一个印第安人说，"多一两个人，还是坐得下的。"

瑜伽环视四周，没发现带他来的那两个印第安人。他们在哪

_____
① 朗费罗（1807—1882）是深受大众喜爱的19世纪美国诗人，他的长篇叙事诗《海华沙之歌》（1855）描写了苏必利尔湖南岸奥吉布瓦族印第安人的传奇领袖的英雄业绩。

儿？随后他看见他们在弹子台边。这个跟瑜伽说话的有规矩的大个子印第安人顺着他的目光看去，他会心地点点头。

"他们是林地印第安人，"他解释说，"我们这儿大多数是城市印第安人。"

"对，当然啦。"瑜伽表示同意。

"那个小伙计的战绩十分突出，"有规矩的大个子印第安人说，"另外那个伙计也是位少校，我记得。"

瑜伽跟着这个有规矩的大个子印第安人来到吧台前。吧台后边站着个酒保，是个黑人。

"来点狗头牌麦芽酒如何？"印第安人问。

"好。"瑜伽说。

"两杯狗头牌，布鲁斯。"印第安人对酒保说，酒保咯咯地笑了。

"你为什么笑，布鲁斯？"印第安人问。

黑人爆发出的一阵尖厉的大笑环绕在人们心头。

"我就知道的，红狗主子，"他说，"我就知道你总是要狗头牌的。"

"他是个乐天派，"印第安人告诉瑜伽，"做个自我介绍，我叫红狗。"

"敝姓约翰逊，"瑜伽说，"瑜伽·约翰逊。"

"啊，我们都仰慕已久，约翰逊先生，"红狗微笑着说，"容我向你介绍我这几位朋友，坐牛先生、中毒水牛先生和朝后奔臭鼬酋长。"

"坐牛，这名字很熟。"瑜伽说，跟他们一一握手。

"啊，我可不是那些坐牛①的其中之一。"坐牛先生说。

"朝后奔臭鼬酋长的曾祖父曾经把曼哈顿岛卖了，得到了几串贝壳币②。"红狗解释。

"很有意思。"瑜伽说。

"就现在来说，这点儿贝壳币于我们是一笔巨款。"朝后奔臭鼬酋长带着懊恼的苦笑说。

"朝后奔臭鼬酋长那儿还有一些贝壳币，你想见见吗?"红狗问。

"说真的，我很想看。"

"其实和其他贝壳币没什么分别。"朝后奔臭鼬毫不在意地解释。他从兜里拉出一串贝壳币，递给瑜伽·约翰逊。瑜伽好奇地看着:这串贝壳币在我们美国起过什么作用啊。

"你想不想拿一两串贝壳币做个纪念?"朝后奔臭鼬问。

"我可不想拿你的贝壳币。"瑜伽拒绝。

"它们本身并不值什么。"朝后奔臭鼬解释，从那一串上取了一两枚贝壳下来。

"对朝后奔臭鼬家而言，他们只是一种感情上的寄托。"红狗说。

"你真是太热忱了，朝后奔臭鼬先生。"瑜伽说。

"这不算什么，"朝后奔臭鼬说，"等会儿你也会这么对

---

① 坐牛（约 1831—1890），印第安名为塔坦卡·约塔克，是达科他州印第安人首领，1876年率领苏族抵抗白人侵占他们的聚居地，于 6 月 25 日全歼卡斯特中将率领的两百多名士兵，史称"卡斯特的最后一役"。后因物资短缺，于 1877 年率部下进入加拿大。后来回北达科他州，于1881年投降政府，两年后获释。1885 年参加野牛比尔组织的西大荒演出，赢得"美洲模范印第安酋长"的称号。1890 年末举行印第安人宗教仪式"鬼舞"时被白人以鼓动叛乱的罪名发出逮捕令，于混战中被杀。

② 荷兰商人彼得·米纽伊特（约 1580—1638）于 1626 年以 24 美元的货物从印第安人手中买下曼哈顿岛，在南部建立荷兰殖民地新阿姆斯特丹，任总督。1664 年该岛转归英国，改名为纽约，即现在纽约市的中心岛。这里作者是在戏说。

我的。"

"你很热忱。"

吧台后面，那个黑人酒保布鲁斯弯腰站在那儿，看那些贝壳币被拿来拿去。他那张黑脸神采飞扬，冷不防地，没有任何征兆，他发出一阵洪亮的、随意的大笑。那是黑人特有的黑色的笑。

红狗冷酷地望着他。"我说，布鲁斯，"他尖刻地说，"你的欢笑有些不合适吧。"

布鲁斯忍住笑，拿块毛巾擦了把脸，他愧疚地转动着眼珠。

"唉，忍不住啊，红狗主子。我看到屋后茅房①臭鼬先生把那几串贝壳币送给每个来这儿的人，就再也忍不住了。他为什么为了那几串贝壳币就卖掉像纽约那样的大地方啊？不就是贝壳币嘛！把你们的贝壳币拿走！"

"布鲁斯是个古怪人，"红狗解释，"不过他是个极好的酒保和和善的家伙。"

"你这话真是太对了，红狗主子，"酒保朝前弯着腰说，"我有颗黄金般的心。"

"但他还是个古怪人，"红狗觉得歉疚，"管理委员会一直要我另外招人，但我就是喜欢这家伙，说来也很古怪。"

"我没事的，老板，"布鲁斯说，"只是看到了什么有趣的事儿就忍不住想笑。你知道我没有恶意，老板。"

"说得好，布鲁斯，"红狗表示赞同，"你是个忠厚的家伙。"

瑜伽·约翰逊环顾四周。另外几个印第安人离开了吧台边，朝后奔臭鼬正在给一小群刚进来的身穿晚礼服的印第安人看贝壳

---

① 布鲁斯有意把"朝后"（Backwards）读作"backhouse"，意思是"屋后茅房"。

币。那两个林地印第安人还在弹子台边玩。他们脱了上衣，弹子台上方的灯光照在那小个子林地印第安人的两条假肢的金属关节上，闪闪发光。他已经连续赢了十一盘。

"那小伙计如果不是在大战中倒了霉，可能会成为一名打弹子高手。"红狗说，"你想在这俱乐部里四处转转吗？"他从布鲁斯手中把账单拿过来签上字，瑜伽就跟着他走进隔壁房间。

"我们的会议室。"红狗说。只见四周的墙上挂着用镜框裱起来的本德尔酋长、弗兰西斯·帕克曼、戴·赫·劳伦斯、迈耶斯酋长、斯图尔特·爱德华·怀特、玛丽·奥斯丁、吉姆·索普、卡斯特将军、格伦·华纳①、梅布尔·道奇的亲笔签名照，以及一幅亨利·华德华斯·朗费罗的油画全身像。

从会议室过去是间更衣室，有一个不怎么大的浴池或者可以算是游泳池吧。"就一家俱乐部来说，实在是太小点了。不过如果晚上觉得无趣，倒是可以跳进这小池子里享受一番。"红狗微笑，"我们叫它棚屋②，你要知道，相比较而言我很满意这件作品。"

---

①　本德尔酋长（1883—1954）是奥吉布瓦族印第安人，原名查尔斯·本德尔，在卡莱尔印第安学校学习过，后来成为棒球明星。当时出任美国海军军官学校教练。弗兰西斯·帕克曼（1823—1893）是美国历史学家，专攻英法早年开发北美洲的历史，其代表作有《俄勒冈小道》（1849）。戴·赫·劳伦斯（1885—1930）即发表颇具争议的《查泰莱夫人的情人》的英国小说家。斯图尔特·爱德华·怀特（1873—1946）早年在密歇根州，发表了不少河上船工、矿工和伐木工等的生活为背景的小说，后长期居住在加利福尼亚，著有写黄金潮的《加利福尼亚》三部曲及其他西部小说。玛丽·奥斯丁（1868—1934）曾在美国西部沙漠地带居住多年，研究印第安人生活，于1903年发表《雨水稀少的地区》而闻名，著有小说、剧本、儿童文学、印第安人歌曲研究以及与妇女问题、女权运动等息息相关的专著。吉姆·索普（1886—1953）是印第安裔的美国棒球和橄榄球明星，在1912年奥运会上获得十项和五项全能冠军，后因其以前曾担任过职业棒球运动员而被追回金牌，但是仍被尊为20世纪上半叶最佳美国运动员。格伦·华纳（1871—1954），著名橄榄球教练，1899年起，先后在卡莱尔印第安学校、匹兹堡大学、斯坦福大学任教，前后长达46年。

②　棚屋（wigwam）特指五大湖地区的印第安人把小树树干插在地里，弯成拱形，盖上用草或树皮编的席子而成的长方形或圆顶的住宅。

“是个很出色的俱乐部。”瑜伽发自肺腑地说。

“愿意的话可以提名让你加入。”红狗提议说，“你是哪个部落的?”

“你指的是什么?”

“你的部落。你是什么——索克族的‘狐人’？吉布瓦族？克里族[1]，我想是的。”

“哦，”瑜伽说，“我的父母是瑞典人。”

红狗仔细打量着他，眯着双眼。

“你确定没有骗我?”

“不，他们是瑞典或挪威人。”瑜伽说。

“我早该看出来你长得有点儿像白种人，”红狗说，“这一点能及时地澄清，真是苍天有眼。已经不知道惹了多少闲话啦。”他伸出一只手按在头上，噘起嘴。“听着，你，”他猛地转身，一把抓住瑜伽的马甲，瑜伽感到一支自动手枪的枪口顶着他的肚子，“你悄悄走出这间会议室，把你的大衣和帽子拿上离开，就当什么都没发生过。遇到有人跟你说话，礼貌地跟他说声‘再见’。以后不许再来，明白了吧，你这瑞典佬。”

“清楚了，”瑜伽说，“把枪收起来。我可不怕这个。”

“按我说的做，”红狗命令道，“至于那两个带你来的打弹子的，我会把他们开除的。”

瑜伽走进那间明亮的屋子，看看吧台，只见酒保布鲁斯正在那儿看着他。他拿了大衣和帽子，跟朝后奔臭鼬说了声“晚安”，

① 索克族印第安人世居威斯康星州一带，“狐人”（有时音译为“福克斯族”）和索克族血缘较近，经常相提并论。吉布瓦的全名是奥吉布瓦，指原居美加边境休伦湖和苏必利尔湖一带的印第安人。克里族早年占据加拿大南部大片土地，因连年征战及天花流行，人口锐减，只遗留下分散的群体。以上四族都说阿尔冈昆语。

臭鼬还问干吗这么早就走，而布鲁斯正拉开通往外面的活板门。瑜伽抬腿走下梯子，这黑人爆发出一阵大笑。"我早就知道了，"他笑着说，"我一开始就知道了，那个瑞典佬也骗不过老布鲁斯。"

瑜伽回头看去，只见黑人那张猖狂的笑脸被框在从拉起的活板门中射出的长方形灯光圈里，一踩上马房的地面，瑜伽就四处张望。只有他孤身一人。这旧马房中的麦秆踩起来很僵硬，被冻住了。他刚才在哪儿？去过一家印第安人的俱乐部吗？发生了什么事？难道就这么结束啦？

他头顶的天花板上泻下一道狭长灯光。接着就被两个漆黑的身影挡住了，只听见"砰"的一脚，"啪"的一拳，接连不断的重击声，时而沉闷，时而清脆，然后就从梯子上骨碌碌地滚下两个人形的东西。从上面飘来一阵黑人的黑色笑声，在耳边回响。

那两名林地印第安人从地上的麦秆上爬起来，一瘸一拐地往门口走去。其中那个小个子在哭，瑜伽跟着他们走入外面的寒夜中。天气很冷。夜色晴朗。星星都出来了。

"俱乐部非常糟糕，"大个子印第安人说，"俱乐部很不好很不好。"

小个子印第安人还在哭。瑜伽借着星光，看清他少了一条假肢。

"我再也不打弹子了。"小个子印第安人抽泣着说。他用剩下的胳膊朝俱乐部的窗子挥一下，一道狭长的灯光从窗内漏出来。"见鬼的俱乐部，非常非常糟。"

"不要介怀，"瑜伽说，"我帮你在水泵制造厂找份工作。"

"水泵制造厂，还是不要了，"大个子印第安人说，"我们都去参加救世军吧。"

"别哭了，"瑜伽对小个子印第安人说，"我买条新胳膊给你。"

小个子印第安人还是继续哭，他就坐在积雪的路面上。"不能打弹子了，我什么都不在乎了。"他说。

一个黑人的笑声，从他们上方俱乐部的窗户里飘出来，在耳边回响。

作者注：致读者

如果可能有什么历史价值的话，我非常乐意说明我只用两个小时就在打印机上完成了上面的那一章，随后跟约翰·多斯·帕索斯①一起出去吃午餐。我觉得他是个令人钦佩的作家，而且非常惹人喜爱。这就是在外省②所谓的曲意逢迎。我们午餐吃的醋熘鲱鱼卷、面拖板鱼、红酒洋葱炖野兔、苹果果酱，还有一瓶1919年的蒙特拉雪干白葡萄酒，按我们以前惯用的说法（呃，读者？），把这些东西全吃下去，还有那道鳎鱼，而且每人还喝了瓶1919年的博讷济贫院红葡萄酒③！和着炖野兔肉一起吃。我记得，我们吃苹果果酱（英语叫 apple sauce）时一起喝掉了一瓶尚贝坦干红葡萄酒。两杯陈的果渣酿白兰地下肚，我们决定不去圆顶咖啡馆了，于是各自回家，然后我就完成下面的那一章。我希望读者能把重点放在本书中那些不同角色的七零八落的生活线索是如何连接在一起的，然后固定在小饭馆中那一幕令人难以忘记的场面中。正是等我把这一章朗读给多斯·帕索斯先生听了，他喊

---

① 约翰·多斯·帕索斯（1896—1970）在"一战"后比海明威先到巴黎，也在探索小说创作技巧，1925年发表创新长篇小说《曼哈顿中转》。

② 因为两人当时都在巴黎，海明威便借用巴黎的法国作家的传统观点，把巴黎以外的地区统称为外省，略含贬义。

③ 博讷是法国中东部的一座古城，罗马统治时期就是葡萄种植中心，现在是勃艮第地区酿酒业的中心。1443年，当时的勃艮第公爵创办博讷济贫院，种植大片葡萄园，于每年11月公开拍卖所产的优质葡萄酒。

道："海明威，你写了一部巨著。"

又及——由作者致读者

正是在这重要关头，读者，我要试图把那股能证明本书的确是部伟大作品的磅礴的气势写进去。我知道你们和我一样，读者，十分希望我能捕捉到这磅礴的气势，因为这一点对我们双方都意义重大。赫·乔·威尔斯先生①曾来我家做客（我们搞文学这行当颇有成效，呃，读者?），有天他说也许我们的读者，就是你啊，读者——试想一下，赫·乔·威尔斯先生居然在我们家说起你。无论怎么说，赫·乔·威尔斯对我们说或许读者们不大会把这部小说看成是自传性的。对不起，读者，请把这个想法从头脑里踢出去吧。我们②曾居住在密歇根州佩托斯基，毋庸置疑，而且顺理成章有很多角色的原型都源自我们的生活。不过他们其他人，都不是作者本人。作者只是在这些短注中才露面。不错，在开始写这小说前，我们花了十二年研究北方的几种不同的印第安方言，而我们翻译的《新约全书》的奥吉布瓦语译本至今还保存在十字村的博物馆里。若换成你，读者，换位思考你也会这么做的。所以我想，如果你细细思考，就会在这一点上和我们站在同一阵线了。现在回头来说这部小说吧。如果我说你根本就想不到，读者，这下面的一章有多么难写，那是从最真挚的美好情谊出发来说的。说实话，我就是力求在这些事上做到坦诚相待的，我们现在还压根儿不想动笔，要等到明天才写。

---

① 英国作家赫·乔·威尔斯（1866—1946）自 1895 年以来先后发表了《时间机器》《星际战争》等一系列科幻小说，后来在《托诺一邦盖》（1909）等小说中转为政造现实的问题。1920年发表巨著《世界史纲》，奠定了在当时西方文坛上的权威地位。而海明威当时只发表了一些短篇小说和诗歌，本书可说是他第一部习作，所以有下面这一段"戏说"。

② 从这里开始，"我们"不包括作者的妻子，而只代表他本人。海明威在这里采用了新闻工作者在写社论时常用的"社论式的复数第一人称"（the editorial we）。

第四篇　一个伟大民族的消失以及美国人道德的形成和败坏

不过可能有人会提出不同意见，说我违背了自己的原则，在这部作品中提供了伤风败俗的事例，而且是十分恶劣的那一类型。对此我要申明一下：第一，要深入探讨一系列人的行为又要避开这种事例是非常不容易的；第二，在书中能找到的伤风败俗事例也是某些人性中弱点或瑕疵所带来的偶然性后果，而不会是存在于思想上的习惯性动机；第三，这些事例绝对不是为了嘲笑，而是为了憎恶才加以陈述的；第四，这些人绝对不是当时的主角，而最后，他们也没有造成他们策划的恶果。

——（英）亨利·菲尔丁

第十三章

瑜伽·约翰逊沿着寂静的大街走着，一条胳膊搂着小个子印第安人的肩膀。大个子印第安人和他们并肩前行。寒夜，城里只有那些钉上门板的房屋矗立在街道两边。那小个子印第安人，弄丢了一条假肢。大个子印第安人，参加过大战。瑜伽·约翰逊呢，也参加过大战。他们三个走啊，走啊，走啊。他们要去哪儿呢？他们能到哪儿去？还有什么希望啊？

街角一根下垂的电线上晃动着一盏路灯，灯光洒下来照在雪地上，大个子印第安人突然在灯下停了脚步。"赶路不会带我们去某个地方，"他嘟囔道，"赶路不起作用，让白人酋长说吧。我们去哪儿，白人酋长？"

瑜伽·约翰逊不清楚。很明显，赶路解决不了他们的问题。

赶路本身没问题。考克西失业请愿①，一大群人寻找工作，向华盛顿前进。前进的人们，瑜伽想，不断地前进，进军，但是哪里是他们的终点？没有目标，这一点瑜伽再清楚不过了。什么目标都没有，根本就没有目标。

"白人酋长说吧。"那大个子印第安人说。

"我说不准，"瑜伽说，"我压根不知道。"难道这就是引起那场大战的原因吗？难道这就是这件事的真相吗？看来是这样

---

① 美国于1893年发生经济危机，第二年3月25日，商人雅各布·塞·考克西（1854—1951）带领约一百名失业者从俄亥俄州马西隆出发，5月1日到达华盛顿时，已增加到五百人左右。这是当时众多唯一到达目的地的一支请愿队伍，影响广泛，但并没有成功。杰克·伦敦曾参加过，他将一路上看到的民生疾苦，集中地反映在1907年发表的流浪经历回忆录《我在社会底层的生活》中。

的。瑜伽站在街灯下。瑜伽思索着。那两个穿着麦基诺厚呢上衣①的印第安人。其中一个的袖管有一只是空的。他们全都在思索。

"白人酋长不说?"大个子印第安人问。

"对。"瑜伽能说什么呢? 有什么可说的呢?

"红哥们儿说?"印第安人问。

"说吧,"瑜伽说,他低头注视着地上的积雪,"现在所有人都一个样。"

"白人酋长去过布朗小饭馆吗?"大个子印第安人问,在弧光灯下凝视着瑜伽的脸。

"没有,"瑜伽感到非常懊恼。难道就这样停止吗? 一家小饭馆。罢了,一家小饭馆也跟其他地方没分别吧。可是一家小饭馆。罢了,有什么理由不去呢? 这些印第安人对这座城市非常熟悉。他们是复员军人,他们俩都战功卓越。这一点他很清楚。可是一家小饭馆。

"白人酋长陪红人哥们儿一起去吧。"大个子印第安人用一条胳膊挽着瑜伽的臂弯。小个子印第安人跟他们并肩而行。"向小饭馆前进。"瑜伽轻轻地说。他是个白人,可是受够了委屈他才知道,说白了,白种人也许并不一直都是高高在上的吧。这场穆斯林的暴动,东部兵连祸结,西部动乱不断,南部看来处境黯淡,现在北部发生了这种事。这情况要带他到什么地步? 这一切会发展成什么样? 想要一个女人,对他有好处吗? 春天还会来吗? 归根结底,这么做值得吗? 他思索着。

他们三人并肩走在佩托斯基冰封的街道上。这时是有目标

---

① 麦基诺厚呢以原产于密歇根州下半岛北端的麦基诺城而得名。这是种双排扣上衣,有方形大贴袋和宽腰带。

的。在路上，于斯曼①写过的。读法文原著应该是很有趣的事，他得找个时间试试。巴黎有条街就是以于斯曼来命名的，就在格特鲁德·斯泰因的公寓②拐个弯的地方。啊，这个女人真了不起！她那些文字实验引导她到达了什么境界啊？归根结底这是怎么回事啊？

这一切发生在巴黎。啊，巴黎。且说巴黎有多远。巴黎的早上。巴黎的傍晚。巴黎的晚上。巴黎又是早上了。巴黎的中午，可能吧。为什么不呢？瑜伽·约翰逊大步向前走，他脑海里的想法一直平静不下来。

他们三人一起大步向前走，有胳膊的人都用胳膊勾住彼此的胳膊。红种人和白种人并肩步行，是什么让他们走到一起来了？是那场大战吗？是命运吗？是意外吗？还是就是机遇呢？这些质疑在瑜伽·约翰逊的脑子里互相角逐。他的头脑筋疲力尽了，他最近想得太多了。他们继续大步向前走。后来，他们突然停了下来。

小个子印第安人抬头望向那招牌，它在那小饭馆外结着霜花的窗子上闪闪发亮：一试便知。

"大胆地试试看吧。"小个子印第安人咕哝道。

"白人开的小饭馆有很多好吃的 T 字骨牛排，"大个子印第安人咕哝道，"信红人哥们儿的话吧。"两个印第安人站在门外，有点儿进退维谷的样子。大个子印第安人转向瑜伽："白人酋长有美钞吗？"

"有，我带钱了，"瑜伽回答。他准备好要把这事做完，如今

---

①　法国作家约里斯-卡尔·于斯曼（1848—1907）早期写自然主义小说。1882 年起发表一系列带自传性的小说，描述了一段漫长的心路历程。《在途中》（1895）为他进修道院后所写。
②　格特鲁德·斯泰因于 1903 年在巴黎定居，在花园街 27 号的寓所成为当时的新潮艺术家、作家聚会之地。毕加索、马蒂斯、舍·安德森、菲茨杰拉德、海明威等都是常客。

可没有后路了，"我请客，朋友们。"

"白人酋长天性良善。"大个子印第安人咕哝道。

"白人酋长做事细心。"小个子印第安人表示赞同。

"你们也会这么对我的。"瑜伽表现得毫不在意。也许这就是这么回事，他在试运气。他曾在巴黎试过运气，斯蒂夫·勃洛第①试过运气。可能只是大家传说。世界上每一天都有人在试运气。在中国，中国人在试运气。在非洲，非洲人在试运气。在埃及，埃及人在试运气。在波兰，波兰人在试运气。在俄罗斯，俄罗斯人在试运气。在爱尔兰，爱尔兰人在试运气。在亚美尼亚——

"亚美尼亚人不试运气。"大个子印第安人嘀咕道。他说出了瑜伽没说出口的疑问。他们很聪明，这些红种人。

"连做地毯生意都不试运气？"

"红人哥们儿认为不试。"那印第安人说。瑜伽觉得他的口气使人信服。这些印第安人是什么人啊？中间有些什么缘故吧。他们走进这小饭馆。

作者注：致读者

本故事讲到这个重要关头，读者，弗·斯各特·菲茨杰拉德先生有天下午来我们家做客，待了很长时间后，突然坐在壁炉前，然后就不愿（还是不能呢，读者？）站起来，加些东西在壁炉里来保持室内保暖。我知道，读者，这些事儿有时候并不会同时出现在一个故事里，可是它们确实发生过，想一下在文字游戏中你我这样的人起什么作用。如果你认为本书的这一部分并达不到原本想象的那种完美的程度，那就请记住，读者，全世界每时

---

① 爱尔兰移民的后裔。斯蒂夫·勃洛第以卖报为生，据说曾在酒吧跟人打赌，从纽约的布鲁克林大桥跳入下面的东河，取得了成功。

每刻都在发生这种事儿，每时每刻。读者啊，我非常尊重菲茨杰拉德先生，一旦有人敢抨击他，我会第一个跳出来捍卫他，·这还用得着我说吗？而且你也包括在内，读者，尽管我很不愿意这么直白地说出口来，并且冒着风险，怕会破坏了我们之间应该建立起来的那种美好的友谊。

又及——致读者

　　我把这一章通读了一遍，读者，觉得并不是很坏。我想你会喜欢的。我希望你喜欢。如果你真的喜欢，读者，并且也同样喜欢本书的其他章节，你会愿意跟你的朋友们谈起本书，并且竭力劝服他们也去买一本吗？每卖掉一本，我只能拿到两毛钱，尽管现在两毛钱不是什么大数目，但如果卖掉二三十万册的话，累积起来就会是笔巨款。如果每个人都像你我这般喜欢这本书，读者，那也会是一笔巨款的。听好，读者。我说过我愿意看看你写的任何作品，我是说真的。那不止是说说而已。把它带来，我们来一起认真地看一遍。如果你愿意，我可以帮你修改一下某些小段落。我可没有说以求全责备的眼光来改写。如果本书中你有什么不喜欢的地方，只需要给斯克里布纳三儿子出版公司①总部写封信就可以，他们会给你做修改的。或者，如果你更希望我本人来修改，我会干的。你知道我对你的态度，读者。而且你对我关于斯各特·菲茨杰拉德说的话也没有觉得恼怒或者忐忑，是吗？我希望没有。我现在要开始写下一章。菲茨杰拉德先生走了，多斯·帕索斯先生也去了英国，而我可以保证这会是非常优秀的一章。至少会是尽我所能写得最好的。如果我们看到这本书封皮上的广告语，我们就知道能有多好，是吗，读者？

---

　　① 查尔斯·斯克里布纳（1821—1871）于1846年创办出版公司，去世后交给三个儿子。次子小查尔斯（1854—1930）担任总经理的时间最长（1879—1928）。海明威的作品均是该公司出版。总部在纽约。

第十四章

小饭馆里，他们都在这小饭馆里。有些人并没有注意其他人，每个人都只注意自己。红种男人注意着红种男人，白种男人注意着白种男人或白种女人，那里没有红种女人。莫非再也没有印第安女人了吗？印第安女人怎么了？印第安女人已经在我们美国消失了吗？无声地，一个印第安妇女打开店门走进屋来。她只穿了一双旧的鹿皮软帮鞋，背上有个婴儿，一条健壮的狗跟在她后面。

"不要看！"那旅行推销员对吧台前的妇女们大喊一声。

"来！赶她出去！"小饭馆老板尖叫。那印第安妇女被黑种厨子驱赶了出去。大家听到她走在外面雪地上的声音，她那条健壮的狗在汪汪叫。

"上帝！这会惹出什么坏事来啊！"斯克里普斯·奥尼尔用一条餐巾擦着自己的额头。

那些印第安人冷漠地看着，瑜伽·约翰逊刚才目瞪口呆，女服务员们拿餐巾或其他什么近在手边的东西把脸遮住。斯克里普斯太太拿《美国信使》蒙住双眼。斯克里普斯·奥尼尔头晕目眩，身子战栗。那个印第安妇女进来时，有些什么感想，有些朦胧的原始感情在他心里生根发芽。

"这印第安女人是从哪儿来的？"旅行推销员问。

"她是我的女人。"小个子印第安人说。

"上帝啊，伙计！你为什么不给她衣服呢？"斯克里普斯·奥尼尔大声疾呼。他的话里还有恐惧的意味。

— 75 —

"她不喜欢穿衣服，"小个子印第安人解释说，"她是林地印第安人。"

瑜伽·约翰逊没有听，心里有什么东西破碎了。那印第安妇女进来时，有什么东西啪的一声碎裂了。他有了一种全新的感受，一种他原本以为已经失去的感受。失去了。永远消失了。他现在才知道这是种错觉，他没有病。只是出于偶然，他知道了。如果没有这个印第安妇女来到这小饭馆，他什么想法没有呢？他刚才在思索的是多么模糊的想法啊！他正处在自尽的边缘。自我毁灭。自尽。就在这小饭馆里。这是多大的罪过啊。他现在清醒了，他差一点把生活搞得一团糟，毁掉自己。现在春天快来吧。来吧。来得多快都不为过。春天快来吧。他做好准备了。

"听着，"他对那两个印第安人说，"我想给你们讲我在巴黎的某桩艳遇。"

两个印第安人把身子靠向前去。"白人酋长说吧。"大个子印第安人说。

"刚开始我还以为这是我在巴黎经历的一桩非常美妙的艳遇呢，"瑜伽开口讲道，"你们对巴黎熟悉吗？好，算了，结果却成了我这辈子碰到的最糟糕的事，没有之一。"

两个印第安人咕哝了一声，他们对他们见过的巴黎很熟悉。

"那是我第一天放假，我正走在马尔塞布林荫大道上。有辆汽车开过我身边，一个美女从车窗里伸出头叫我，我走过去。她把我带到一栋房子，那儿更像是座大厦，那里位于巴黎的郊区，我在那儿有一段非常美妙的经历。后来我被人从另一扇门里送出去。那美女曾跟我说她将一辈子、她将永远不会再见到我。我想记下那座大厦的门牌号码，可是那个街区有许多大厦像从一个模子刻出来的，那只是其中一座。"

"在假期结束之前我一直都盼着再见见这位美女。有一次我以为在戏院里看到了她，结果不是她。还有一次我在一辆出租车一闪而过时以为看见了她，就上另一辆出租车去追，但却追丢了，我不再抱有希望。最后，在假期结束的前晚，我感到失望并且无趣死了，就跟一个宣称能带我玩遍巴黎的导游一起出去，我们去观光了许许多多的地方。'你带我看的地方就是这些吗?'"我问那导游。

"'还有一个名不虚传的地方，不过需要很多钱。'导游说。我们最后谈好了价钱，那导游就把我带去了。那是一座很陈旧的大厦。墙上有一道窄缝能看见里面，墙边有很多人透过窄缝往里望。在那里，透过窄缝可以看见身穿各种协约国军服的男人，还有很多南美洲的帅哥，他们身着晚礼服的。我也透过一道窄缝望着。一开始没什么特别的。直到一个美女和一位年轻的英国军官走了进去。她把裘皮长大衣和帽子脱下来扔在椅子上，那军官解下他的山姆·布朗武装带①。我一眼便认出了她，就是我一直在找的那位女士②。"瑜伽·约翰逊望着他那已经吃完的空盘子。"从此以后，"他说，"我对女人就没有了兴趣。我受了很严重的伤，我说不上来。但我感受到了，兄弟，我受伤了。因此我怨恨大战。我怨恨法国。我怨恨普遍的道德伦理的失去。我怨恨那年青的一代。我怪这个，我怪那个。现在我没事了。这五块钱给你们，兄弟，"他双眼闪现出亮光，"再吃点东西，去其他地方游玩一番。我这辈子从没这么高兴过。"

他从坐着的圆凳上站起来，激动地跟一个印第安人握握手，另一只手搭在另一个印第安人的肩膀上，过了一会儿，打开小饭

① 一种附有一条斜挂在右肩上的细带的皮腰带，由英国将军塞缪尔·布朗爵士（1824—1901）首创，故名。
② 这种让人出了钱透过墙上狭缝或小孔观看真人表演在巴黎很盛行，他这才明白上当了。

馆的门，大步走进夜色中。

两个印第安人相互看着对方。"白人酋长是大好人。"大个子印第安人说。

"你觉得他上过战场吗?"小个子印第安人问。

"我不清楚。"大个子印第安人说。

"白人酋长说过要帮我安一条新假肢呢。"小个子印第安人抱怨说。

"说不定你得到的已经很多了。"大个子印第安人说。

"我不清楚。"小个子印第安人说。他们接着吃东西。

在小饭馆柜台的另一边，一段婚姻就要结束了。

斯克里普斯·奥尼尔和他的妻子并肩坐着。斯克里普斯太太此时知道了，她会失去他。她努力过，失败了。她没办法了。她知道这是场注定失败的比赛，如今要失去他了。蔓蒂又在说话了。说着。说着。一直说着。那些没完没了、滔滔不绝的文坛纠纷，让她——黛安娜的婚姻失败了。她会失去他。他要离她而去了。离她而去了。从她身边离开。黛安娜烦闷地在那儿坐着。斯克里普斯在听蔓蒂讲话。蔓蒂讲着。讲着。讲着。那个旅行推销员，现在是老朋友了，他坐着看底特律《新闻报》。她会失去他。她会失去他。她会失去他。

小个子印第安人从小饭馆坐着的圆凳上站起来，来到窗前。窗玻璃上凝成了厚厚的一层霜花。小个子印第安人往结霜的窗户玻璃上呼了口热气，用他的麦基诺厚呢上衣的那只空袖管把那一层霜拂去，看着外面的夜色。他忽然在窗前转过身来，冲了出去，走进夜色中。大个子印第安人见他走了，不急不缓地吃完饭，拿起一支牙签，剔着牙，追着他的朋友也走进了夜色中。

第十五章

这时小饭馆里只剩他们这几个人了。斯克里普斯、蔓蒂、黛安娜，还有那个旅行推销员陪着他们。现在他是个老朋友了，不过今晚他心神不定。他突然叠好报纸，抬腿走向门口。

"大家晚安。"他说。他走到外面的夜色中，看来只能这样了，他做了。

这时小饭馆里只有他们三个了。斯克里普斯、蔓蒂、黛安娜，只有他们了。蔓蒂在讲话，靠着柜台讲话。斯克里普斯双眼凝视着蔓蒂，黛安娜没有假装在听了。她已经知道结局了，现在一切都该了结了。但她还想再试试，鼓起勇气再试一次，或许她还有机会，或许这一切只是她的一场梦。她清了清喉咙，然后开口说话。

"斯克里普斯，亲爱的。"她说。她的声音有点儿发抖，但是语气平稳。

"你想说什么？"斯克里普斯僵硬地问。啊，说出来了。又是这种恐怖的惜字如金的话。

"斯克里普斯，亲爱的，难道你不想回家吗？"黛安娜舌头打结，"有一份新的《信使》。"她完全是为了讨好斯克里普斯。

"他们懂室内装饰吗，这些英国人？"斯克里普斯说。

"你妻子是英国人，对吗？"蔓蒂问。

"是湖泊地区的。"斯克里普斯答道，"继续讲这逸事吧。"

"好，随便怎么说吧。"蔓蒂讲下去，"有天晚上一起用完晚餐后，福特坐在书房里，男管家走进来，说：'布盖侯爵向您致意，他能不能带那群刚才和他一起用餐的朋友来书房参观?'他们经常同意他外出吃饭，有时候还允许他住在城堡里。福特说：'好啊。'于是身着列兵制服的侯爵走了进来，埃德蒙·戈斯爵士和牛津大学的某某教授紧随其后，我一时想不起名字了。戈斯停在那玻璃框里的火烈鸟前，说：'这是什么啊，布盖?'"

"是只火烈鸟，爱德蒙爵士。"侯爵答道。

"跟我心目中的样子可不同啊?"戈斯说道。

"'对，戈斯。这是上帝心目中的火烈鸟。'那某某教授说。希望我还记起他的姓名。"

"不用操心。"斯克里普斯说。他双目发光。他向前弯腰。有什么东西在他的身体里不安分了，是他控制不住的什么东西。"我爱你，蔓蒂，"他说，"我爱你。你是我的女人。"那东西在他身子里不停地动着，停不下来。

"没问题，"蔓蒂应道，"我早就察觉到你是我的男人了。你还想再听一则逸事吗? 讲女人的。"

"继续说吧，"斯克里普斯说，"不要停下来，蔓蒂，你现在是我的女人了。"

"当然，"蔓蒂表示同意，"这是当年克努特·汉姆生①在芝加哥当有轨电车售票员时的故事。"

"请继续，"斯克里普斯说，"现在你是我的女人了，蔓蒂。"

_____

①　克努特·汉姆生 (1859—1952) 为挪威小说家、剧作家，其长篇小说《饥饿》(1890)、《大地的成长》(1917) 等获得 1920 年诺贝尔文学奖。他早年曾过流浪生活，于 1886—1888 期间曾在芝加哥当过电车售票员。

他默默地、不停地重复这句话。我的女人，我的女人。你是我的女人。她是我的女人。那是我的女人。我的女人。但是，不知道为什么，他没有感到满足。在某处地方，以某样方式，一定还有别的东西。别的东西。我的女人。这词儿现在听起来有点儿寡淡。那个印第安妇女静静地走进屋里的这一幕骇人听闻的场景又涌上他的心头，尽管他拼命地想排除掉。那个印第安妇女，她不穿衣服，因为她不喜欢穿衣服。能任劳任怨、顽强地面对严寒。还有什么是春天带不来的呢？蔓蒂在说话。蔓蒂在小饭馆里说着。蔓蒂在讲她知道的一则则趣事。小饭馆里，时间一点点过去。蔓蒂不停地说着。现在她是他的女人了，他是她的男人。可他真是她的男人吗？那个印第安妇女的影像浮现在斯克里普斯的脑海里。那个一点预示都没有就大步走进小饭馆的印第安妇女。那个被驱赶扔在雪地上的印第安妇女。蔓蒂还在讲着文坛逸事，都是有凭有据的事，它们听上去那么真实。可是有这些就可以了吗？斯克里普斯说不出来。她是他的女人。可是能维持多久呢？斯克里普斯不知道。蔓蒂在小饭馆里说话。斯克里普斯听着。可是他跑神了。跑神了。跑神了。跑去哪儿了？跑进外面的夜色中了。跑进外面的夜色中了。

第十六章

　　佩托斯基的晚上。午夜早已过去，小饭馆里亮着一盏灯。这北方的小城在月光下安适地睡着。向北望去，G. R. &I. 铁路的铁轨一直延伸向遥远的北方。冰冷的铁轨，往北通向麦基诺城和圣依格纳斯。冰冷的铁轨，晚上的这个时候可以走在上面。

　　在这冰封的北方小城的北面，有一对男女在铁轨上并肩而行。那是瑜伽·约翰逊和那个印第安妇女。他们走着，瑜伽·约翰逊边走边脱衣服。他一件件地脱下来，沿着铁轨边扔了一路。直到剩下一双制泵工人穿的旧鞋。瑜伽·约翰逊，赤裸裸地在月光下，和那印第安妇女一起向北方走去。印第安妇女大步走在他身旁，背上用树皮摇篮背着婴儿。瑜伽想要从她背上取下婴儿来背。那条壮实的狗在哀鸣，舔瑜伽·约翰逊的脚踝。不，这印第安妇女拒绝他背那个婴儿。他们大步向北方走去，走进北方的夜色。

　　两个人影尾随在他们后面，映照在月光下的轮廓清晰，是那两个林地印第安人。他们弯下腰，捡起瑜伽·约翰逊扔掉的衣服。他们偶尔向对方嘀咕一声，安静地走在月色中。他们目光敏锐，没有漏掉一件衣服。等捡起最后一件衣服，他们便看向前方，看到前方月光下有两个人影。两个印第安人站直身子，他们察看那些衣服。

　　"白人酋长穿得很前卫。"大个子印第安人说，举起一件绣着姓名第一个字母的衬衫。

"白人酋长会感到很冷。"小个子印第安人说。他递给那大个子印第安人一件背心。大个子印第安人把所有被丢下的衣服，团成一团，两人就转身沿着轨道往城区走去。

"把这些衣服帮白人酋长保留着，还是卖给救世军？"矮个子印第安人问。

"卖给救世军好了，"大个子印第安人咕哝道，"白人酋长也许不会回来了。"

"白人酋长肯定会回来。"小个子印第安人咕哝道。

"反正卖给救世军好，"大个子印第安人咕哝道，"春天一到，白人酋长会添新衣服的。"

他们沿着铁轨走向城区，空气似乎变得暖和了。此时两个印第安人走路都不平稳了。透过铁路边的落叶松和柏树，一股暖风袭来。铁路旁的积雪慢慢融化。这两个印第安人的体内有什么东西不安分了，某种冲动，某种奇怪的异教徒的焦躁情绪。暖风轻轻掠过，大个子印第安人停下来，用口水沾湿一根手指，竖在空中。小个子印第安人在旁边看着。"奇努克风？"他问。

"正宗的奇努克风。"大个子印第安人说。他们赶忙走向城区，此时月亮躲进被奇努克暖风刮来的云层里，变得模模糊糊了。

"想赶在进城高峰前进去啊。"大个子印第安人咕哝着。

"红人哥们儿要抢着排在前头啊。"小个子印第安人一个劲儿地咕哝。

"这会儿厂里没人干活儿了。"大个子印第安人咕哝道。

"还是快点赶路吧。"

暖风轻轻掠过，这两个印第安人体内有些奇特的念头蠢蠢欲动，他们知道想要什么。春天的步伐终于踏进这个冰封的北方小城了。两个印第安人沿着铁轨匆忙赶往前方。

作者致读者的最后一注：

嘿，读者，你觉得这本书怎样？我花费了十天时间完成这本书。这些时间还值得吗？我只想弄清楚一个地方。你还记得，在这故事的前面，那有点儿上年纪的女服务员，黛安娜，讲过她在巴黎怎么和母亲走失的事，醒过来时发现一位法国将军睡在隔壁房间的床上？我想你可能会对发生了什么事感兴趣的。事情的真相是她母亲在夜间患了腹股沟淋巴结鼠疫，病情十分严重，医生做诊断后，汇报了有关当局。当时大博览会马上开幕，设想一下，一宗腹股沟淋巴结鼠疫病例会对博览会的宣传工作造成多大影响啊。于是法国当局干脆就让这妇女消失了。她在黎明前死去。那位被请来的将军马上睡在那母亲睡过的房间里。我们一直觉得他是个很有责任的人。不过，我知道，他是博览会的一个大股东。不管怎样，读者，我一直觉得这段秘史是个很不错的故事，而且我知道你会更愿意让我在这里解释，而不是在这本小说里看到，说真的，那到底还是不合适的。不过想到法国警方是怎么封锁消息，然后马上就找到那发型师和出租车司机，还挺有趣的。当然啦，这说明了如果你独自出国旅游，就算是和你母亲一起去，都必须要小心谨慎。我希望在这儿提一下这回事并不是问题，不过读者啊，我实在觉得自己有义务说明一下。我不赞成那种长篇累牍的告别词，就像订了婚迟迟不结婚一样，所以只想说一句再见，并祝你顺利，读者，就继续随俗浮沉吧。